AF465192

LE PRINCE
DEGVISE
Tragi-comedie
Par
Mr de Scudery
Michel van Lochom fecit
A Paris
Chez Augustin
Courbé au pallais
A la Palme
1636

LE PRINCE DÉGVISÉ.

TRAGI-COMEDIE.

PAR

MONSIEVR DE SCVDERY.

A PARIS,

Chez AVGVSTIN COVRBÉ, Imprimeur & Libraire de Monſieur frere du Roy, dans la petite Salle du Palais, à la Palme.

M. DC. XXXVI.

AVEC PRIVILEGE DV ROY.

A MADEMOISELLE,

MADEMOISELLE DE BOVRBON.

MADEMOISELLE,

Si ie ne craignois de paſſer au delà des bornes ordinaires d'vne lettre, i'imiterois ce fameux Peintre, qui de toutes les beautez de la Grece, forma cette rare Venus, de qui l'eſtime dure encore en la memoire des hommes. Ie dirois tout ce que les autres ont dit: ie donnerois à vostre gloire toutes les loüanges qu'ils ont données; & ie vous ferois vne Couronne de toutes les belles fleurs que le Parnasse a produites. Et certes ce ne seroit pas sans raison, puis que vous possedez seule ce que toutes les Beautez de la terre peuuent auoir d'excellent: & qu'il en est peu qui puissent approcher de vous, sans souffrir l'affront des Estoilles, quād l'esclat du Soleil paroist. Mais, MADEMOISELLE, il n'appartient qu'aux Aigles, de regarder fixement ce bel Astre: & comme ie n'en ay ny l'œil ny la plume, il faut que ie regle mon vol & mes regards ſur ma foibleſſe, & que ie me contente de dire ce que ie puis, ne pouuant dire ce que ie dois: comme vous auez l'eſprit & la beauté d'vn Ange, vous en aurez encore la bõté: Et c'eſt d'elle que i'attends ma grace, apres le deſſein temeraire que ie prends de vous offrir mon PRINCE DE'GVISE'. Ie fis ce hardy projet, dés l'inſtant que i'eus l'honneur de baiſer la robe à Madame la Princeſſe, & à voſtre Grandeur; Et i'eſpere meſme que le ſuccez ne m'en ſeroit pas mal-heureux, vous voyant eſcouter auec attention, vne choſe indigne de l'eſtre de vous, puis qu'elle partoit de moy. Mais quoy qu'il en ſoit, l'honneur de l'auoir oſé, ſatisfait mon ambition, ſçachant bien que quel que ſoit l'éuenement d'vne ſi haute entrepriſe, il ne peut eſtre que glorieux pour moy qui ſuis,

MADEMOISELLE,

Voſtre tres-humble &
tres-obeïſſant ſeruiteur,
DE SCVDERY.

VERS

Pour mettre souz les portraicts de cette Excellente Princesse.

Si ton Sang ne procede, ou des Rois, ou des Dieux,
Temeraire abaisse les yeux,
Et mets pour te sauuer ta prudence en vsage;
Le seul aueuglement te pourra secourir;
Mais non, sois plus hardy que sage,
Et regarde ce beau visage,
Il vaut mieux le voir, & mourir.

Fautes suruenuës en l'impression du Prince Déguisé.

DAns l'Epistre, page 3. ligne 15. i'espere, lisez i'esperé.

Page 43. vers 13. encore, lisez encor.

Page 64. vers 12. la, lisez le.

Page 81. vers 6. que ie desire, lisez qu'elle y desire.

Page 82. vers 11. Clement, lisez Clemente.

Page 104. vers 9. heritier, lisez heritiere.

AV LECTEVR.

L eſt certains Tableaux, dont le Coloris eſt ſi vif & ſi riant, qu'il ſurprend agreablement la veuë de tous ceux qui les regardent, trompe la connoiſſance des plus ſçauans en portraicture, & faict paſſer d'abord pour fort beau, ce qui

ne l'eſt point du tout: Mais lors que cette douce illuſion eſt diſſipee, qu'on s'apperçoit de la tromperie qu'elle a faicte au ſens, & qu'en fin le iugement recouure la liberté de ſes fonctions; on ne voit plus ce qu'on croyoit voir: on ſe mocque de cét ouurage, & de ſoy meſme; & cette eſtime ſi mal fondee, ſe change en vn iuſte meſpris, Ie ne ſçay (Lecteur) ſi cette Peinture parlante que ie t'offre, n'aura point le meſme deſtin; & ie doute, ſi cette approbation vniuerſelle qu'elle a receuë, eſt vn effect de ſes beautez, ou de ſon bon-heur. Le ſuperbe appareil de la Scene, la face du Theatre, qui change cinq ou ſix fois entierement, à la repreſentation de ce Poëme, la magnificence des habits, l'excellence des Comodiens, de qui l'action farde les paroles, & la voix qui n'est qu'vn son qui meurt en naissant; tout cela (dis-ie) estant ioint ensemble, est capable de donner des graces à ce qui n'en a point, d'esbloüir par cét esclat les yeux des plus clairs-voyans, & de deceuoir l'oreille la plus iuste, & la plus sensible au discernement des bonnes ou des mauuaises choses. Mais comme Alexandre dict autre-fois à quelqu'vn qui luy conseilloit d'attacquer ses ennemis la nuict, Qu'il ne vouloit point dérober la victoire: Ie t'asseure de mesme, que ie ne veux point dérober la reputation d'esprit, ny la deuoir à ce qui n'est pas de moy. C'est ce qui m'oblige à t'exposer cét ouurage, despoüillé de tous autres ornemens, que de ceux qui luy ſont naturels, afin que ta raiſon ne ſoit point ſurpriſe, & qu'elle ne luy donne, que ce qu'il merite d'auoir. Sçache donc qu'en te le monſtrant, ie me ſuis caché le pinceau dans la main, derriere les rideaux comme Appelle, reſolu de corriger mes deffaux par ta connoiſſance, & de me deffaire de cét amour propre, qui nous fait croire beau tout ce que nous faiſons, & ce qui bien ſouuent ne l'eſt pas. Mais de grace, ſois Iuge equitable, fay que ta cenſure ſoit fille de la Charité, & non pas de l'Enuie; & ſur tout examine toy pour m'examiner; iuge toy pour me iuger; connoy tes forces pour voir ma foibleſſe, & ne te meſle que de ce que tu ſçais bien: autrement ie me monſtreray comme ce fameux Peintre, pour te dire

Ne ſutor vltra crepidam

Si tu es de la Cour, pardonne moy ce mot de Latin, que ie n'ay pû retenir : C'eſt vne faute que ie n'ay iamais commiſe en eſcriuant, & que ie ne commettray peut-eſtre iamais : le peu que i'en ſçay ne me permettant pas d'en eſtre prodigue, n'y d'en faire profuſion, Adieu.

Les Acteurs.

CLEARQVE	Fils d'Altomire Roy de Naples.
LISANDRE	Gentil-homme Napolitain, demeurant en Sicile.
FLORESTOR	Escuyer de Clearque.
ROSEMONDE	Reine de Sicile & vefue du Roy Poliante.
ARGENIE	Vnique heritiere du Royaume de Sicile.
THEOTIME	Grand Sacrificateur de la Sicile.
ARCHANE	Ministre du Temple de Palerme.
PHILISE	Fille d'honneur de l'Infante, & sa fauorite.
RVTILE	Iardinier de la Reine.
MELANIRE	Femme de Rutile.
ANTHENOR	Chancelier de Sicile.
ARISTE	Lieutenant des Gardes de la Reine.
	Quatre de ses compagnons.
ARMILE	Page d'Argenie.

TROVPE des Courtisans de Sicile.
IVGES de Camp.
CHŒVR de peuple Sicilien.
CHŒVR de Trompettes.

La Scene est à Palerme.

LE PRINCE DÉGVISÉ

ACTE PREMIER.

CLEARQVE, LISANDRE, FLORESTOR, ROSEMONDE, ARGENIE, PHILISE, THEOTHIME, ANTHENOR, ARISTE, CHŒVR DE COVRTISANS, CHŒVR DE GARDES, CHŒVR DE PEVPLE, ARCHANE, ARMILE.

SCENE PREMIERE.

CLEARQVE, LISANDRE, FLORESTOR.

CLEARQVE.

Lisandre, couurez-vous, icy tout m'est suspect, Le Prince est vestu en simple Caualier.
Et ne me traittez plus auec tant de respect:
Songez en ce dessein où l'amour me conuie,
Si ie suis descouuert qu'il y va de ma vie.

LISANDRE.

Ie sors pour obeïr des termes du deuoir:

CLEARQVE.

Vous estes mieux ainsi, veu qu'on nous pourroit voir.
Mon entreprise seule est assez difficile,
Et ie me dois cacher à toute la Sicile:
Mais vous aurez l'honneur d'apprendre mon projet,
Car mon pere vous tient amy comme subjet:
Et bien qu'vn autre Prince ait vostre obeïssance,
Naples dont il est Roy, vous a donné naissance;
C'est pourquoy vous deuez aider à mon dessein,
Puis que le mesme Sceptre est acquis à ma main.

LISANDRE.

Ie fais viure en mon cœur l'amour de ma prouince,
Celle de mes parens, & le respect du Prince;
Et bien que confiné dans ce bord estranger,
En changeant de sejour ie ne sçaurois changer:
Et loing de la patrie, & dans ceste aduanture,
La fortune m'attache, außi faict la nature;
Et croyez, Monseigneur, que ie vous seruiray,
(En deussay-ie perir) autant que ie pourray.

CLEARQVE.

Außi pouuez vous voir par ceste confidence,
Que ie vous croy fidelle, & remply de prudence;

DE'GVISE'.

Puis que dans vn Estat qui m'est si dangereux,
Ie vous fais compagnon de mon sort amoureux.

LISANDRE.

Mon visage estonné vous marque ma tristesse :
Et ie tremble, en voyant en cés lieux vostre Altesse;
Lieux, où vostre bon-heur tient chacun en soucy;
Et ie ne puis iuger ce qui vous meine icy.

CLEARQVE.

Quoy, n'auez vous point sceu les motifs d'vne guerre,
Où le sang a couuert la face de la terre?
Où la flame & le fer ont tant semé d'effroy?
Et qui trouue sa fin dedans celle d'vn Roy,
Que pleure la Sicile & que chacun regrette?

LISANDRE.

Ce malheur est public, la cause en est secrette;
Et tous pour ce sujet, ont diuers sentiment;
Mais nous n'en sçauons rien que fort confusément.
Et mesme les exploits qui signalent vos armes,
Qui coustent tant de sang, qui coustent tant de larmes,
Ne me sont point connus, parce que i'estois lors,
Dans ces heureux climats d'où viennent les thresors;
Et que quelques combats qu'ait gaigné vostre armée,
La longueur du chemin lassoit la Renommée;

Si bien que mon esprit ne trouue point de jour,
Quand il vous oit parler & de guerre, & d'amour.

CLEARQVE.

Pour vous en esclaircir, escoutez vne histoire,
De qui la fin tragique afflige ma memoire,
Destruit mon esperance, ainsi que mes desirs,
Et condamne mon ame à tant de desplaisirs.
Six ans ont faict leur cours, depuis l'heure fatale
Que ie quittay les bords de ma terre natale,
Et qu'vn desir de voir (plus viste qu'vn torrent)
M'emporta sous l'habit de Cheualier errant.
I'erre ainsi déguisé, de prouince, en prouince;
Ie visite en passant la Cour de chaque Prince;
Et suiuant le dessein qui me fit esloigner,
Ie tasche de m'instruire en l'art de bien regner.
En fin, ayant couru presque l'Europe entiere,
Ce beau feu s'esteignit à faute de matiere;
Ce desir curieux n'eut plus où s'attacher;
Ie creus auoir acquis, ce que que i'allois chercher;
Pleinement satisfait de mes erreurs passées,
Ie reuins sur mes pas, ie changeay de pensées;
Et forcé du destin, & conduit par l'Amour,
I'arriuay dans Messine, & vins voir ceste Cour.
Ce fut là, que ce Dieu triompha de mon ame;
En ce lieu ie bruslay de ma premiere flame;

Ie me laiſſay ſurprẽdre aux charmes d'vn beau teint;
Mon œil en fut touché, mon cœur en fut attaint;
I'en ſouffris à l'inſtant la douce tyrannie;
Et pour tout dire en fin, i'oſay voir Argenie.
Ie la vis, & l'aimay; car au meſme moment,
Qui fit que ie la vis, ie me fis voir amant.
Mon ame à ſon abord fut bien peu deffenduë;
Et malgré ma raiſon la place fut renduë,
Auſsi toſt que cét œil, qui peut tout enflammer,
Par vn de ſes regards eut daigné me ſommer.
Ie fus cent fois tenté d'vne ardeur violente,
Qui me ſollicitoit d'accoſter Poliante,
De luy dire mon nom, & le mal que i'auois;
Mais touſiours la raiſon me retenoit la voix,
Et me repreſentoit le pouuoir de mon pere:
Mais comme vous ſçauez que tout amant eſpere,
Ie creus que ſon deſir ſeconderoit le mien,
Et qu'il m'eſtoit permis d'aſpirer à ce bien.
Comme en effect, deſlors ie quittay la Sicile,
Et le luy propoſant, ie le trouuay facile;
Il approuua mon choix, en loüa la grandeur,
Et ne refuſa rien à mes vœux pleins d'ardeur.
Au contraire, auſsi toſt pour finir mon martyre,
Il deſpeſche vn des ſiens, comme ie le deſire,

Pour demander l'Infante, à ce Roy malheureux :
Voicy le premier coup de mon ſort rigoureux.
Car ſoit que Poliante euſt receu quelque Oracle,
Qui fuſt à cét Hymen vn inuiſible obſtacle ;
Ou ſoit que ſon eſprit euſt quelque autre raiſon,
Qui vinſt de ma perſonne, ou touchaſt ma maiſon ;
Ou que le ſeul caprice authoriſaſt ſa haine ;
Ce cruel ſe mocqua d'vne eſperance vaine,
Et ſçachant le deſſein de noſtre Ambaſſadeur,
Il ne luy reſpondit qu'en termes de froideur,
Et ne luy donna point d'audience publique.
Altomire ſenſible, & qu'vn outrage picque,
Quelque ſoin que ie priſſe à le faire changer,
Iura de le punir, & de ſe bien vanger.
Auſsi toſt il equippe vne puiſſante flotte,
Et mettant noſtre route en la main du pilotte,
Il s'embarque, & ie ſuy malgré moy ſes vaiſſeaux,
Que le vent fauoriſe, & qui fendent les eaux.
Poliante aduerty qu'il ſe forme vn orage,
Se reſoud de l'attendre, & ne perd point courage,
Va touſiours coſtoyant la Sicile en ſes bords,
A deſſein d'enfermer l'embouchure des ports ;
En fin, nous l'attaquons aſſez prés de Cardonne :
Tout ſe meſle à l'inſtant, la bataille ſe donne ;

Le bruit, le ſang, l'horreur, & la mort en tous lieux,
Paſſent iuſques au cœur, & s'offrent à nos yeux:
Le choc de tant de Nefs fait l'eſclat d'vn tonnerre,
Qui retentit bien loing du coſté de la terre,
Et qui ſemble reſpondre à ces flots murmurans,
Et ſe meſler encore aux plaintes des mourans.
Par des longs cris aigus, que le ſoldat enuoye,
Il ſe fait vn chaos de triſteſſe & de ioye,
Les vaiſſeaux accrochez ſont horribles à voir,
On attaque, on reſiſte, & tous font leur deuoir:
L'on combat main à main, & chacun s'éuertuë,
Pour trainer auec ſoy, l'ennemy qui le tuë.
On voit tomber en l'eau mille corps tous ſanglans,
Et la main de la Parque eſclaircit tous les rangs.
La face de la mer nous paroiſt effroyable,
Elle n'a point d'objeƈt qui ne ſoit pitoyable,
Vn vaiſſeau coule à fond, vn autre tout briſé,
De crainte d'eſtre pris, ſe fait voir embraſé,
Et couurant le Soleil d'vne eſpaiſſe fumée,
Dérobe aux yeux de tous, & l'vne & l'autre armée.
Le feu ſe communique, entre aux autres vaiſſeaux;
Si bien qu'il ſemble naiſtre au milieu de ces eaux.
Mille pointes de flame en l'air ſont ondoyantes,
Qui s'eſleuent du ſein des vagues aboyantes,

Et ce pauure pays crût voir en cét instant,
Comme vn Etna solide, vn Vesuue flotant.
Bellonne deux cens fois changea de capitaine;
Le sort parut douteux; la fortune incertaine;
Elle balença bien; mais d'vn regard plus doux,
La victoire à la fin se declara pour nous;
Nous fusmes les plus forts; & tant de Nefs percées,
S'abandonnent au vent, & flottent dispersées.
Poliante qui voit iusqu'où va son malheur,
Plein d'ire, de courroux, de rage & de douleur,
S'efforce (mais en vain) de retourner la proüe,
De ses pauures vaisseaux dont le destin se ioüe:
Mais voyant que les siens sont lassez des combats,
Luy mesme prend la fuite, & met l'estendart bas.
Il fuit, mais en lyon, dont l'ardante prunelle,
Tesmoigne que la peur n'est iamais peinte en elle,
Qui là manque de force, & non faute de cœur;
Et qui rugit encor sous les pieds du vainqueur.
Tel parut ce grand Roy, qui regaignant la riue,
Crût pouuoir rassembler sa flotte fugitiue;
Combattre derechef, mais plus heureusement;
Et changer de fortune, en changeant d'Element.
Il tourne donc visage, & le peuple qui tremble,
Forcé par son exemple autour de luy s'assemble;

Mais

Mais comme le destin ne change point ses loix,
Il fut mis en deroute vne seconde fois;
Il perdit en ce lieu l'esperance derniere,
Et sa personne mesme y restaprisonniere.
Nous campons sur le bord, en attendant le jour,
Que peu d'heures apres nous vismes de retour.
Lors mon pere eut dessein d'vser de la victoire,
Et de pousser plus loing, & ses gens, & sa gloire:
Mais l'amour que i'auois, n'y pouuant consentir,
Il se remit en mer, & ie le fis partir.
Or pendant le voyage, il n'est obeissance,
Honneur, debuoir, respect, seruice, ou complaisance,
Que ce braue captif ne receust de ma part:
Ie pleignis sa valeur, i'accusay le hazard;
Ie luy fis mesme voir sa liberté certaine,
Pour chasser le dépit de cette ame hautaine;
Mais inutilement ie semay ces propos;
Et rien que le trespas ne le mit en repos:
Il mourut en dix iours contre toute apparence;
Et mourut auec luy toute mon esperance;
Iugeant que Rosemonde, espouse de ce mort,
R'allumeroit tousiours le flambeau du discord;
Et qu'apres ce malheur, l'adorable Argenie,
Auroit sans me connoistre, vne haine infinie.

Lors l'esprit agité de violents transports,
Ie poursuiuy ma route, & renuoyay ce corps,
Auec tout l'appareil, & les pompes funebres,
Que la coustume donne aux personnes celebres.
I'esperay que le temps me pourroit secourir,
Mon amour estoit né, ie crus le voir mourir.
Mais certes ce penser fut bien peu raisonnable;
Ce dessein contre vn Dieu, ne m'est pas pardonnable;
Et parmy le regret, dont ie suis tourmenté,
Mon supplice est fort grand, mais ie l'ay merité.
En fin que vous diray-ie? vne absence importune,
M'a faict resoudre encor de tenter la fortune;
Et cét œil plain d'attraits qui causa mon ennuy,
Tout ainsi qu'vn aymant, m'attire aupres de luy,
Resolu de perir, ou de vaincre l'orage.

LISANDRE.

Vous voir dedans Palerme, est voir vostre courage:
Et si ie crains pour vous, ce n'est pas sans raison;
En la mort de ce Roy, l'on a creu du poison.

CLEARQVE.

Le ciel qui voit mon cœur, sçait bien mon innocence.

LISANDRE.

Mais sa veufue n'est point dans ceste connoissance.

Elle promet sa fille à qui la vengera.
Comme le prix d'vn chef qu'on luy presentera;
Et mesme à ce matin, son vœu se renouuelle,
Au funeste tombeau d'vn mary, qu'elle appelle
Pour estre le tesmoin d'vn si iuste desir,
Et pour voir son amour, voyant son desplaisir.

CLEARQVE.

Allons-y, cher Lisandre, & quoy qu'il en aduienne,
Fais que ta volonté laisse regner la mienne,
Le conseil en est pris; les tiens sont superflus;
Conduis moy dans ce temple, & ne raisonne plus.

LISANDRE.

Monseigneur, reglez mieux ceste ardeur qui vous presse:

CLEARQVE.

Clearque bien heureux, tu vas voir ta maistresse!
Souuiens toy que l'honneur, est parmy le danger,
Et qu'vn noble dessein ne se doit pas changer.

SCENE SECONDE.

ARGENIE, PHILISE.

ARGENIE.

QVe ce vœu me desplaist! que ce iour m'importune!
Et que i'ay bien subject d'accuser la fortune!
Qui veut que mon Himen se face en vn tombeau,
Et que la Parque seule y porte le flambeau.
Qu'vn homme tout sanglant soit maistre d'Argenie
Pour vn present tragique; O quelle tyrannie!
Chere Ombre de mon pere, helas! appaise toy;
Que ton ire s'esteigne, ou s'estende sur moy:
Ie suis cause du mal, ma perte est legitime,
Souffre pour ton repos, que ie sois ta victime;
Mon sang est aussi pur, que tu me l'as donné;
C'est tout ce que demande vn cœur abandonné
Au chagrin le plus noir dont l'ame possedee,
Forme pour son supplice vne fascheuse idee.

PHILISE.

Madame, resistez à l'extreme douleur:
Peut-estre sans raison vous craignez ce malheur;
La Reine peut auoir vne inutile enuie;
Clearque a des subjects, pour deffendre sa vie:
La teste d'vn grand Prince est vn thresor gardé,
Qu'on n'a pas aisément, comme on l'a commandé:
Et tel entreprendra ceste haute aduanture,
Qui loing d'auoir le throsne, aura la sepulture.

ARGENIE.

Face le iuste Ciel, Philise mon soucy,
Que tout audacieux, puisse finir ainsi.
Que ces lasches amans de l'or d'vne Couronne,
Qui veulent mon Estat, & non pas ma personne,
Tombent dessous le bras de ce ieune guerrier,
Et que son front eschappe à l'abry du laurier.
Ce sont les vœux ardans, qu'en ma douleur amere,
I'oppose iustement, à celuy de ma mere;
Afin que le salut d'vn Prince genereux,
Puisse arrester le cours de mon sort malheureux;
Et qu'apres tant de maux, la fortune lassée,
Esgale mon repos à ma peine passée,
Et puis que de l'Himen tout espoir m'est osté,
Que ie puisse mourir, & viure en liberté.

SCENE TROISIESME.

ARMILE, ARGENIE, PHILISE.

ARMILE.

Leſt temps de ſortir, la Reine eſt deſcenduë;
Au bas de l'eſcalier vous eſtes attenduë:

ARGENIE

M'a-t'elle demandée?

ARMILE.

Oüy Madame, deux fois:

ARGENIE.

Il me faut obeïr à ces iniuſtes loix;
Forcer mes ſentimens, en eſtouffer la plainte;
Et m'impoſer le ioug d'vne rüde contrainte.
Allons, puis que ce mal ne ſe peut euiter,
Il nous y faut reſoudre, & le bien ſupporter.

SCENE QVATRIESME.

THEOTIME, ARCHANE.

THEOTIME.

SOufflé à ce feu sacré, fais que la flame en sorte,
Pour monstrer qu'auiourd'huy la haine n'est pas morte;
Et qu'elle flambe au cœur, par vn desir mortel,
Ainsi que fera l'autre, à ce funeste Autel.
Les branches de Cyprez sont-elles preparées?
D'auec celles de l'If les as tu separées?
As tu de la resine? as tu deux flambeaux noirs,
Pour euoquer vne Ombre aux infernaux manoirs?

Le Tẽple de la vangeance s'ouure.

ARCHANE.

Tout ce qu'il faut est prest, au moins ie le presume:

THEOTIME.

I'entens desia du bruit, la Reine vient, allume:
Ne sois veu qu'à genoux, les bras hauts, les yeux bas:
Et quand j'inuoqueray ne me regarde pas.

SCENE CINQVIESME.

LISANDRE, CLEARQVE, FLORESTOR, THEOTIME, ARCHANE,

LISANDRE.

Couurez vous d'vn pilier:

CLEARQVE.

ô fortuné Clearque,
De finir par les mains d'vne si belle Parque!
Si l'esprit d'Argenie authorise ces vœux,
Ie mourray sans regret, s'il luy plaist, ie le veux.

SCENE SIXIESME.

ROSEMONDE, ARGENIE, PHILISE, ANTHENOR, ARISTE, THEOTIME, ARCHANE, CLEARQVE, LISANDRE, FLORESTOR, CHŒVR DE COVRTISANS, CHŒVR DE GARDES, CHŒVR DE PEVPLE, ARMILE.

ROSEMONDE.

MOn Pere, commencez vostre ceremonie:

THEOTIME.

Que chacun se prosterne:

ROSEMONDE.

à genoux, Argenie.

THEOTIME.

Deesse impitoyable, escoute à cette fois,
Ce qu'vn cœur en furie exprime par ma voix: Apres auoir ietté les offrandes

dans le feu, il se met à genoux.

Fauorise ses vœux, deuien son allegeance,
Diuinité sanglante, implacable Vengeance;
La Reine s'humilie au pied de ton autel;
Ne voy son ennemy que d'vn regard mortel;
Que ce glaiue flambant, luy dérobe la vie;
Satisfaicts en ce iour vne si iuste enuie;
Eschauffe vne fureur, que guide la raison;
Et puny par le fer vn crime de poison.

Il se tourne vers le tombeau du Roy.

Et toy, sors de l'enfer, Ombre illustre, & Royalle;
Viens voir si Rosemonde est constante, & loyalle;
Remarque sa douleur, & son amour parfaict,
Escoute ses souspirs, & le vœu qu'elle faict.

ROSEMONDE.

Elle prend le coin du sepulchre.

Ie fais vœu solemnel, que l'Infante Argenie,
Sous le iong de l'Himen ne sera point vnie,
Qu'auec le seul amant qui me presentera
La teste de Clearque, & que luy seul l'aura.
Que si ie manque au vœu que ie fais à ceste heure,
Fay chere Ombre à l'instant que Rosemonde meure;
Et luy viens reprocher qu'elle aima laschement,
Infidelle à la Couche, ainsi qu'au Monument.

THEOTIME.

Ceste ceremonie est enfin terminée,
Qu'on doit renouueller à chaque bout d'année:

Que vostre Maiesté se leue, s'il luy plaist.

ROSEMONDE.

Elle augmente mon feu, toute froide qu'elle est,
Ceste cendre cherie; & que ie n'abandonne,
Qu'auec les sentimens que la tristesse donne.

Toute la Cour se retire.

LISANDRE.

Ha! changez de dessein, retirez vous d'icy:

CLEARQVE.

Le sort en est ietté, le Ciel le veut ainsi.
Il faut que ie perisse, ou que mon asseurance,
Mon amour, ma finesse, & ma perseuerance,
Mesurent mon bon-heur à mon affection,
Et que Clearque viue, ou meure en Ixion.
Cét Astre des beautez augmente mon courage;
I'ay redoublé ma force en voyant son visage;
Et quel que soit le mal que i'en puisse encourir,
Il n'est rien que ie n'ose, afin de l'acquerir:
Vn grand, & haut dessein que quelque Dieu m'inspire,
Me promet vn bon heur, qui vaut mieux qu'vn Empire;

Il parle à son Escuyer.

I'auray (si vous m'aidez) la fin de mes trauaux.
Toy, garde dans le bourg, argent, armes, cheuaux,
Ne t'en esloigne point durant mes resueries;
Donne moy seulement toutes mes pierreries.

LISANDRE.

Qu'esperez vous auoir auecques ce thresor?

CLEARQUE.

Le Soleil, qui luy seul faict les perles, & l'or.

LE PRINCE DÉGVISÉ.

ACTE SECOND.

ARGENIE, PHILISE, MELANIRE, RVTILE, CLEARQVE, LISANDRE.

SCENE PREMIERE.

ARGENIE, PHILISE,

ARGENIE.

Tel parut autrefois au milieu de la pleine
C'ét illustre Berger qui fut rauir Helene:
Souz ce rustique habit, sa mine me surprend,
Et ie voy dans ses yeux quelque chose de grand.

N'as tu point remarqué son port, & son adresse,
Et comme son discours feroit honte à la Grece?
Poly, respectueux, ciuil, & complaisant:
O que ie fais de cas d'vn si riche present!
Il efface les fleurs qu'il arrouse au parterre:
Et le destin m'oblige en me faisant la guerre.
Ce rare iardinier que nous auons treuué,
Est bien digne apres tout, d'vn sort plus esleué.

PHILISE.

Madame, il est certain que iamais l'Italie
N'a faict voir en ses bords vne ame si polie:
Et de corps, & d'esprit, cét homme est si charmant,
Qu'on voit en sa personne vn berger de Romant,
Vn prodige, vn miracle, vn effort de nature,
Que ne peut imiter la voix, ny la peinture:
Et certes il paroist à mes yeux esbahis,
Aussi loing de son sort, qu'il l'est de son pays.
Et qui pourroit aimer la vertu toute nüe,
Ne la deuroit chercher qu'où vous l'auez connüe:
Et si le siecle auare estimoit comme il faut,
La fortune auroit peine à le mettre assez haut.

ARGENIE.

Que le peuple à son gré soit brutal, soit auare,
Qu'il n'ait point d'yeux pour voir vn merite si rare:

Qu'il ne l'estime pas, manque de iugement;
Mais n'ayons point de part à son aueuglement;
Cherissons la vertu: par tout elle est aimable;
Et qui la sçait priser ne peut estre blasmable.
Sans elle, la grandeur est digne de mespris;
Elle est l'vnique obiect de tous les bons esprits;
Et quelque bas que soit le sort de Policandre,
L'estime est vn tribut que chacun luy doit rendre;
Puis qu'on treuue en ses yeux, & dans son entre-tien,
La beauté de mon sexe, & les vertus du sien.
Mais le Soleil s'abaisse, & finit sa carriere;
Allons voir au iardin ces restes de lumiere;
Et pour auoir le temps d'y resuer librement,
Voyons premier la Reine à son appartement.

SCENE SECONDE.

CLEARQVE, LISANDRE.

CLEARQVE.

Il est en habit de iardinier.

EN fin l'euenement a suiuy mon presage:
La fortune me rit, & me faict bon visage:
Tout va bien, cher Lisandre; & le Ciel appaisé,
Fauorisant mes vœux m'a rendu tout aisé:
I'ay faict prendre l'amorce à l'auare Rutile.

LISANDRE.

Que l'ame d'vn amant est adroite, & subtile!

CLEARQVE.

Et ie voy maintenant ces beaux astres des cœurs,
Ces Rois imperieux, ces superbes vainqueurs,
Ces Soleils esclatans, qui sçauent l'art de plaire,
Effacer chaque jour l'autre qui nous esclaire:
Et mesme i'ay l'honneur de me faire escouter:
Apres vn bien si grand, que puis-ie redouter?

I'en

I'en suis veu, ie l'ay veüe, ha douceur infinie!
Or voy l'heur d'vn amant, qui peut voir Argenie?

LISANDRE.

Mais comme quoy Rutile a-t'il esté deceu?

CLEARQVE.

Par le dessein hardy que i'en auois conceu.
Voyant ce iardinier sur le seuïl de la porte,
Aussi tost ie m'aduance, & l'aise me transporte.
Il me rend mon salut; ie le tire à quartier,
Et ie luy fay sçauoir que ie suis du mestier;
Mais que i'en mets encor vn plus haut en pratique,
Et que par les secrets qu'enseigne l'art magique,
I'ay sçeu qu'en ce iardin vn thresor est caché:
Lors voyant que son cœur estoit desia touché,
Des plus antiques Rois ie luy fais vne histoire;
I'en r'appelle les noms tracez en ma memoire;
Disant qu'vn de ce nombre a couuert en ces lieux,
Vn thresor qu'vn demon a faict voir à mes yeux;
Et que s'il me permet d'acheuer les misteres
D'inuoquer les Esprits, tracer des caracteres,
Au milieu du silence, au milieu de la nuict;
Que de cette faueur, il cueillera le fruict:

Et qu'il partagera tant d'excellentes choses,
Que le sein de la terre en soy retient encloses.
Mais que pour arriuer au but de mon desir,
Il faut qu'il me reçoiue, & me donne loisir.
Son esprit esbloüy, cede & manque de force;
Il mord à l'ameçon, il engloutit l'amorce;
Et l'espoir du butin, l'oblige à m'accorder,
Ce qu'inutilement ie pensois demander.
I'entre, & dés qu'il est nuict, ie mets la main aux armes:
Et feignant qu'il est temps de commencer mes charmes,
Ie vay seul au iardin, aux lieux plus escartez
I'enterre les ioyaux que moy mesme ay portez:
Et puis pour gaigner temps comme ie le desire,
Peu à peu deuant luy, ma main les en retire;
Feignant que le demon qui respond à ma voix,
M'a dit qu'on ne sçauroit auoir tout à la fois.
Ainsi mon heur commence, ainsi ma douleur cesse;
Et ie voy chaque iour promener la Princesse,
Qui me parle souuent, que ie puis adorer:
Iuge si mon esprit a rien à desirer,

S'il est digne d'enuie, ou si l'on le doit plaindre.

LISANDRE.

Plus la fortune esleue, & plus elle est à craindre.
Les biens qu'elle nous faict, sont des biens apparens;
Le principe & la fin en sont fort differens:
La volage se rit, l'inconstante se ioüe;
Et nostre heur ne dépend que d'vn bransle de roüe:
Si bien que c'est à nous (corrigeant son deffaut)
D'vser de ses faueurs, & du temps comme il faut:
Et de ne perdre pas ces heures precieuses,
Où tout se rend facile aux ames genereuses;
Mais qu'on ne reuoit point, osant les negliger:
Respectez la fortune, afin de l'obliger.

CLEARQVE.

I'appreuue ton conseil, aussi bien que ton zele:
Adieu, separons-nous, mon dessein me r'appelle, Il a vn papier à la main.
Afin de me seruir de ces vers amoureux:

LISANDRE.

Dessein aussi hardy, comme il est dangereux.

SCENE TROISIESME.

MELANIRE.

QVe fais-tu beau Sorcier? à quoy songe ton ame,
Qu'elle ne connoist point que la mienne est en-
flame?
Estrange aueuglement de ce bel œil vainqueur,
Qui penetre la terre, & ne voit point au cœur!
Tu cherches des thresors, & ton ame en possede;
L'Orient est pompeux, mais il faut qu'il te cede:
Vn seul de tes regards vaut mieux que tout son or:
Et c'est d'eux seulement que ie fais mon thresor.
Ouy, bien que sans dessein ton bel œil les enuoye,
Ils font mourir ma peine, & r'animent ma ioye;
Et maistres absolus, qui forcent mon humeur,
C'est par eux seulement que ie te croy charmeur.
Mais que n'vses-tu mieux de leur puissance extreme?
En donnant de l'amour, que n'en prens tu toy mesme?
Sois iuste, autant que beau, pitoyable, & charmant;
Voy que ie suis amante, & te fais voir amant:

Appreuue les ardeurs de mon ame insensée;
Espargne mon discours, & lis dans ma pensée;
Oy parler mes souspirs; escoute leur propos;
Sorcier qui me rauis, & l'ame, & le repos.
Mais il n'en fera rien, sa froideur continuë:
Il faut perdre le iour, ou nostre retenuë:
Respect, crainte, pudeur, esloignez vous d'icy:
Il faut parler en fin, Amour l'ordonne ainsi:
Et monstrer franchement, la douleur qui nous touche:
Qui nous ouure le cœur, nous doit ouurir la bouche;
Trouuons-le ce cruel, & sans plus differer,
Sçachons s'il aimera qui le veut adorer.

SCENE QVATRIESME.

CLEARQVE, RVTILE.

CLEARQVE.

A Lune fauorable en ceste nuict derniere,
A souffert que ma voix la retint prisonniere:
Mes charmes ont terny son bel esclat d'argent:
Et l'ombre qui couuroit mon trauail diligent,
A permis que ma main plus forte que les autres,
Ait receu des demons ce que ie mets aux vostres:
Voyez si ceste couppe est agreable aux yeux;
Autant que le metal, l'ouurage est precieux.

RVTILE.

O que ie dois benir ton heureuse venuë!

CLEARQVE.

Ma bonne volonté ne vous est pas connuë:

DÉGVISÉ.

Mais le temps fera voir quelle est mon amitié.

RVTILE.

Ie vay cacher ma part, & garder ta moitié.

CLEARQVE.

Allez, retirez vous, quelqu'un vient de descendre:

RVTILE.

Ma main dépite Argus de la pouuoir surprendre:

CLEARQVE.

Si seras tu surpris, ou ie perdray le iour:
Trauaillons, i'apperçois l'object de mon amour.

Il dit ce vers, tout bas.

SCENE CINQVIESME.

ARGENIE, PHILISE, CLEARQVE.

ARGENIE.

VOis auecquelle grace est sa main occupée;
Moins propre à ce mestier, qu'à celuy d'vne espée:
Que fais tu mon amy?

CLEARQVE.

Ie cultiue des fleurs,
Dont la diuersité n'estale ses couleurs,
Qu'à dessein d'agreer au plus bel œil du monde:

ARGENIE.

Tu parles du Soleil, il faut qu'il te responde.

CLEARQVE.

Ce propos les offence, on ne le peut souffrir:
Pour se iustifier, elles viennent s'offrir:
Il luy presente vn bouquet. *Trop heureuses pourtant si vous daignez connoistre,*
Qu'elles meurent pour vous, qui les auez faict naistre.

ARGE-

ARGENIE.

O Dieux qu'il est ciuil!

CLEARQVE.

qui me l'auroit appris?
Ce n'est pas dans les bois qu'on forme les esprits:
Et dedans ce seiour (priuez de connoissance)
Nous auons fort peu d'art, & beaucoup d'innocence.

ARGENIE.

Mais tu iuges pourtant des obiects de ces lieux:

CLEARQVE.

Nous n'auons point d'esprit, mais nous auons des yeux.

ARGENIE.

Qu'inferes tu de là?

CLEARQVE.

Qu'il faut estre sans veuë,
Aupres de la beauté dont vous estes pourueuë,
Pour rester sans merueille, & ne connoistre pas,
Que rien dans l'Vniuers n'esgale vos appas:
L'ame la plus grossiere en estant bien capable,
En paroistre ignorant, c'est paroistre coupable.

PHILISE.

Quoy nourry dans les bois, & raisonner ainsi!
C'est vn sorcier, Madame, esloignons nous d'icy.

ARGENIE.

Ton discours me rauit, & me donne l'enuie,
De sçauoir au certain le succez de ta vie.

CLEARQVE.

Ha Madame perdez ce desir curieux!
L'astre qui me gouuerne est trop capricieux;
Le recit des malheurs n'a rien qui n'importune,
Et ie vous desplairois autant que ma fortune:
Ces vers ont vn double sens. *Ie cache mon destin, & d'où ie suis venu,*
M'estant aduantageux de n'estre pas connu.

ARGENIE.

N'importe Policandre à qui tu dois ton estre:
Ie ne m'informe point de ceux qui t'ont faict naistre:
Leur deffaut sert de lustre à ta perfection,
I'aime ceste fontaine auecque passion:
Son onde prend du marbre vne couleur d'iuoire,
Qui resueille ma soif; mais ie n'ay rien pour boire.

CLEARQVE.

Vostre Altesse se donne vn moment de loisir.

ARGENIE.

Dieux que son entretien m'a causé de plaisir:
Ie ne voy qu'à regret finir ceste iournée:

PHILISE.

Madame, en verité i'en demeure estonnée:

Le voicy de retour, qu'est-ce qu'il a treuué?

CLEARQVE.

Ce vase n'est pas beau, mais il est bien laué: Il laue la coupe à la fontaine.
Vostre Altesse y peut boire.

ARGENIE.

Ha tu luy fais outrage! Elle dit cela apres auoir beu.
Et ie ne veis iamais vn si parfaict ouurage.

CLEARQVE.

La Gaule (mon pays) a mille ieux diuers,
Où ie gaignay ce prix, à reciter des vers.

ARGENIE.

N'e t'en souuient-il point?

CLEARQVE.

I'en garde la memoire:

ARGENIE.

Me les voudrois tu dire?

CLEARQVE.

Ha ce m'est trop de gloire!
(Courage heureux amant, tout va bien iusqu'icy) Il dit ces vers tout bas.
Et pour vous obeïr (Madame) les voicy,

STANCES.

AV doux climat de la Grece,
Vn ieune Prince amoureux,
Qui n'osoit voir sa Maistresse,
Prit vn dessein dangereux:
Pour approcher de la Belle,
Qu'vn malheur faisoit rebelle,
A tant de fidelité;
Pressé du traict qui le picque,
Dessous vn habit rustique,
Il couurit sa qualité.

La fortune fauorable,
Pour tesmoigner son pouuoir,
A ceste Nimphe adorable,
L'offrit, & fit receuoir:
Ainsi souz l'habit champestre,
D'vn troupeau qu'il meine paistre,
Prenant le soin chaque iour;
Il foule aux pieds la Couronne,
Que sa naissance luy donne,
Pour auoir celle d'amour.

Il viuoit de ceste sorte,
Plein de gloire & de plaisir;
Mais d'vne esperance morte,
Il fit renaistre vn desir;
Qui sollicita son ame,
De faire esclatter la flame,
Qui le priuoit de repos:
Il crût ce conseil fidelle;
Si bien que s'approchant d'elle,
Son cœur luy tint ces propos.

Nymphe, prenez connoissance
D'vn sort qui m'est assez doux;
Puisque ie tiens la naissance,
Du sang des Dieux comme vous:
Mais si la metamorphose,
Que fait celuy qui dispose
D'vn cœur qui vous est donné,
Desplaist à l'œil de Siluie:
Ce cœur va perdre la vie,
Dés qu'il l'aura condamné.

Ie ſuis . . . . . il ferme la bouche,
Sur le point de ſe nommer :
O quelle crainte le touche!
Et qu'on la doit eſtimer!
Il ſouffre la violence
Du reſpect & du ſilence,
Il paroiſt paſle, & tranſi:
Et ſans dire ſi la Belle,
Fut pitoyable, ou rebelle,
L'hiſtoire finit ainſi.

ARGENIE.

Ha qu'il recite bien! qu'il entend bien la rime!
Et qu'vn vers a de force, à l'inſtant qu'il l'anime!
Adieu, la nuict s'approche, il ſe faut retirer:

CLEARQVE.

Tout plaiſir violent ne peut long temps durer.
Amour, que de douceur i'eſpreuue en ton Empire!
Sans doute elle a compris ce que ie voulois dire:
Mais treſue d'allegreſſe, ou cachons-la ſi bien,
Que celle qui me ſuit n'en apperçoiue rien.

SCENE SIXIESME.

MELANIRE, CLEARQVE.

MELANIRE.

Parlons, il en est temps; honneur c'est trop me taire: Elle dit ces vers bas.
Et quoy, tousiours pensif, resueur, & solitaire?
Tousiours dans les thresors y borner ses desirs,
Et mespriser pour eux tous les autres plaisirs?
Ne regarder de sein, que celuy de la terre?
Pardonnez, beau Sorcier, si ie vous fais la guerre;
Mais cette humeur sauuage est autant à blasmer,
Comme celle qui parle est capable d'aimer.

CLEARQVE.

Quelque soin que ie donne à ce metal si rare,
Vous me connoissez mal, en me croyant auare:
Puisque ie suis content, ce que i'ayme suffit:
Si ie cherche de l'or, c'est pour vostre profit.

MELANIRE.

Que mon mary brutal en soule son enuie,
Mais il ne sert de rien au repos de ma vie;
Et si vous ne donnez que cela seulement,
Ie receuray de vous peu de contentement.

CLEARQVE.

Que peut vn malheureux, que la fortune afflige?

MELANIRE.

Mais que ne peut-il point, si sa faueur m'oblige?

CLEARQVE.

Que voulez-vous de moy, qui n'ay rien à donner?

MELANIRE.

Es-tu si peu sçauant en l'art de deuiner?
Remarque mes souspirs, & sans que ie le die,
Affin de me guarir, connois ma maladie.
Mes yeux parlent assez; mon cœur te dit par eux,
Puis que tu n'aimes point, qu'il est trop amoureux.
Connois-tu ma douleur? vois-tu mon ame ouuerte?
Es-tu sourd comme aueugle? as-tu iuré ma perte?

Et

Et conseruant ta glace aupres de mon ardeur,
Seras-tu sans courage, où ie suis sans pudeur?

CLEARQVE.

Ie commence à sentir ma raison endormie:
Il faut vaincre en fuyant cette belle ennemie. Il s'en va.

MELANIRE.

Tu fuis donc insensible, & superbe vainqueur,
Au lieu de receuoir les offres de mon cœur?
Ton mespris insolent fait gloire de ma honte?
Tu m'entens souspirer, tu n'en fais point de conte?
Tu restes sans pitié? tu ris de mon tourment?
Et ne m'assistes pas d'vn regard seulement?
Et moy i'adorerois vn tygre, vne statuë?
Non, despit, oste-moy le venin qui me tuë:
C'en est fait, fuy demon, qui m'as voulu trahir;
Ie ne veux plus aimer, ce que ie dois haïr.

ACTE TROISIESME.

CLEARQVE, MELANIRE, LISANDRE, FLORESTOR, RVTILE, ARGENIE, PHILISE.

SCENE PREMIERE.

CLEARQVE, LISANDRE, FLORESTOR.

CLEARQVE.

LE signal est donné, respondons-y; Lisandre, Florestor,

Ils frappent des mains par dessus la muraille du jardin.

LISANDRE.

Monseigneur,

CLEARQVE.

Ie vous ay faict attendre;

Mais il falloit vſer des faueurs de la nuict,
Et ſemer à deſſein d'en recueillir le fruict.

Il e tend de pierre-ries qu'i a ca-chées.

LISANDRE.

Le peril eminent où l'amour vous expoſe,
Ne veut (non plus que moy) que Floreſtor repoſe,
Et nous venons tous deux (eſgaux en ſentimens)
Prendre vn ordre nouueau de vos commandemens.

CLEARQVE.

Vos ſoins ſont obligeans, mais non pas neceſſaires:
Quiconque a du bon-heur, ne craint point d'aduerſaires;
Tout ſuccede à ſon gré, rien ne peut s'oppoſer;
Et pour eſtre content, il ne luy faut qu'oſer.

LISANDRE.

Voſtre Alteſſe ſçauante aux coups de la fortune,
Trouuera-t'elle bon que ie l'en importune?
Et qu'vne fois encore ie l'oblige à ſonger,
Qu'elle eſt touſiours fortune, & ſubiecte à changer.

CLEARQVE.

Quand on eſt embarqué, tout depend du courage:
Il faut aller au port, ou perir dans l'orage;

Retourner sur ses pas, est trop de lascheté;
Et le iour à ce prix, seroit trop achepté.

LISANDRE.

Pensez que les desseins qu'executent les Princes,
Font tousiours de l'esclat en toutes les Prouinces,
Et que vostre depart que l'on sçait en ces lieux,
De tant de gens deceus, peut dessiller les yeux.

CLEARQVE.

Lisandre, ie rirois si i'estois sans contrainte:
On ne m'esbransle point par l'obiect de la crainte;
Me monstrer vn peril, c'est y porter mes pas,
Quand ce chemin d'honneur, le seroit du trespas.

LISANDRE.

Ie sçay que le respect m'impose le silence,
Mais mon mal pour se taire a trop de violence;
Souffrez donc (Monseigneur) que ie vous dise encor,
Qu'il faut viure en Achille, & mourir en Hector:
Estonner de nos coups l'ennemy qui nous tuë;
S'enterrer souz vn pan de muraille abatuë;
Arrouser son sepulcre, & de sang, & de pleurs;
C'est là qu'il faut mourir, & non parmy des fleurs.

Iugez lequel vaut mieux pour vostre renommée,
De dresser vn parterre, ou ranger vne Armée;
De paroistre en Monarque, à qui tout est soubmis,
Ou d'estre sans deffence aux mains des ennemis:
Mon zele est indiscret, mais ce qui me le donne,
Mon deuoir, mon amour, valent qu'on luy pardonne.

CLEARQVE.

O que cette colere est d'vn amy parfaict!
En connoissant la cause, on excuse l'effect:
I'aime cette franchise, elle est extr'ordinaire;
Elle part d'vn esprit qui n'est point mercenaire;
Qui ne sçait point flatter, ny desguiser sa voix,
Pour chatoüiller le cœur, & l'oreille des Rois.
Certes la verité que mon ame reuere,
Se peut bien appeller vne beauté seuere:
Ie la connois, Lisandre, elle est de ton costé;
Mais de l'escouter plus, tout moyen m'est osté:
Auecque la raison, vn tiran l'a bannie:
Ie les aime beaucoup, mais bien plus Argenie:
Et malgré leurs discours, & leur seuerité,
Ie quitte pour ses yeux, raison, & verité.

LISANDRE.

Pour guerir vostre mal, enleuez qui le donne:

CLEARQVE.

Ie veux auoir son cœur, & non pas sa Couronne:
Ce conseil violent ne plaist point à ma foy:
Il faut qu'Amour la prenne, & la force pour moy:
Et ie l'ose esperer; retirez vous Lisandre,
Ne me respondez point, quelqu'vn nous vient surprendre;
Adieu, separons nous:

LISANDRE.

Fascheux commandement,
Ie le laisse en danger, & m'en vay laschement.

SCENE SECONDE.

RVTILE, CLEARQVE,

RVTILE.

ET bien cher Policandre, aurons nous ces mer-
ueilles,
Dont vous m'auez rauy le cœur par les oreilles?
Le demon fauorable, ou vaincu par vos vers,
Laissera-t'il dans peu tous ces thresors ouuers?
L'ame par ce que i'ay loing d'estre contentée,
Voit son desir plus grand, & sa soif augmentée:
L'or ce metal sorcier, d'vn merueilleux pouuoir,
A faict que plus i'en ay, plus i'en voudrois auoir.

CLEARQVE.

on maistre, asseurez vous que dans peu l'energie,
e tant de mots sacrez, qu'enseigne la magie,
Forcera les demons de remettre en vos mains,
Plus de bien, qu'on n'en voit au reste des humains.

Des tables d'or maßif, des vases, des statuës,
De perles, de rubis, superbement vestuës;
Des Throsnes d'emeraude, & des montagnes d'or:

RVTILE.

Que ne les auons nous, que tardez vous encor?

CLEARQVE.

Sçachez qu'il nous faut ioindre auecque ma science,
Le secours du loisir, & de la patience:
Tout aspect n'est pas bon pour ce mistere icy;
Le Ciel est trop serein, par fois trop obscurcy;
La Lune en son decours, fera mal son office;
L'enfer sourd à ma voix, demande vn sacrifice;
Vne herbe, vne racine, vne fleur, vn metal,
En ne se trouuant point, me rendent tout fatal:
Il faut recommencer l'œuure presqu'acheuée;
Et i'en connois la peine, elle m'est arriuée.
Mais voyez cependant vn simple coup d'essay
Du pouuoir de mon art, & de ce que i'y sçay:
Mettez vous dans ce cerne:

RVTILE.

RVTILE.

Ha bons Dieux ie frissonne!

CLEARQVE.

Sur peine de mourir ne parlez à personne;
Laissez moy trauailler pour nostre commun bien;
Mais en vostre faueur, il n'apparoistra rien.
Il en tient comme il faut, la dupe est estonnée. Il dit ce vers tout bas.
Grande sœur de celuy qui mesure l'annee,
Ecate au triple nom, qui vas dans les enfers,
Arrache en ma faueur, vn demon de ses fers;
Ouure par tes rayons les portes de l'Auerne.
Afin qu'il ouure apres ceste riche cauerne,
Où tant d'or autrefois se veit enseuelir:
Ainsi iamais sorcier ne te face paslir;
Ainsi le beau pasteur que ton esprit adore,
Ne se puisse endormir, qu'au resueil de l'Aurore;
Ainsi son vieil espoux ronfle profondément,
Afin que tu sois libre en ton contentement.
Le charme est acheué, prenez cecy Rutile; Il luy baille quelques pierreries.
Quoy le genoüil vous tremble, & le front vous distille?

RVTILE.

La crainte m'a saisi:

CLEARQVE.

Vous en serez vainqueur:
L'or à ce qu'on m'a dit est fort bon pour le cœur.
Allons; retirez vous; car la Lune esclaircie,
Semble me demander que ie la remercie.

SCENE TROISIESME.

MELANIRE.

REstes impertinens d'vn feu trop allumé,
Abandonnez mon cœur, puis qu'il est consumé:
Si ie manque d'espoir, vous manquez de matiere;
Il faut que malgré vous ma raison reste entiere;
Il faut qu'elle triomphe, ou que l'eau de mes pleurs,
En esteignant mes iours, esteigne vos chaleurs.
Quittons cette fureur dont nostre ame est guidée:
Sors, sors de mon esprit, belle & fascheuse idée,
Permets que la raison face enfin son deuoir,
Et ne me monstre plus, ce qu'on ne peut auoir.
I'attaque vainement vn fort inaccessible;
Ie n'ay de sentimens, que pour vn insensible;
Dieux, vn mal si cruel doit il long temps durer?
Apres ce que i'ay veu, puis-ie encor esperer?
Non, non, pensers flatteurs, vous abusez mon ame:
Vn glaçon est tousiours incapable de flame;
Sans changer de nature il ne sçauroit changer;

Et mon ſeul reconfort conſiſte à me vanger.
Vangeons nous donc mon cœur, mettons tout en vſage,
Et deſtournons les yeux d'vn aimable viſage;
Mocquons nous des attraits d'vn monſtre déguisé;
Et te ſouuiens enfin comme il t'a meſpriſé.
Auſsi bien vn ſoupçon m'entre en la fantaiſie;
Auecque ma fureur i'ay de la ialouſie,
Ce n'eſt pas ſans ſujet que ie la porte au ſein;
Ce Sorcier m'eſt ſuſpect de quelque grand deſſein:
Ces charmes faicts de nuict, & tant d'or qu'il nous donne,
Teſmoignent vn project dont la fin n'eſt pas bonne:
Ie n'ay point vn viſage à ſouffrir du meſpris;
Sans doute vn autre object engage ſes eſprits:
Deſcouurons ce qu'il faict; quoy qu'il en reüſsiſſe,
Il faut abſolument que ie m'en eſclairciſſe:
Le voicy, cachons nous; voyons où le conduit,
Ce myſtere ſecret, qui demande la nuict.

SCENE QVATRIESME.

CLEARQVE.

DElices de l'esprit, object de la pensée,
Agreable trompeur de mon ame insensée,
Espoir doux & charmant, venez m'entretenir,
De la gloire presente, & de l'heur à venir.
De quelque vain discours que vous flattiez ma flame,
Espoir, ie vous escoute, & vous ouure mon ame;
Augmentez mon ardeur, accroissez mes desirs,
Et dans des maux si vrais, meslez de faux plaisirs,
I'aimeray mon erreur comme vostre mensonge;
Et seray trop heureux en faisant vn beau songe:
Car qui peut meriter d'obtenir en effect,
La glorieuse fin du dessein que i'ay faict?
Mais qu'est-ce que ie voy soubz ce feüillage sombre?
Ne m'abusay-ie point par l'espoisseur de l'ombre?
C'est l'Infante elle mesme; O quel estonnement!
Dois-je croire à ma veuë en cét euenement?
A cette heure au iardin! non, i'ay l'esprit malade:

Couurons nous toutefois de ceste palissade,
Pour voir si ce fantosme apparu dans ces lieux,
Me trompera l'oreille aussi bien que les yeux.

SCENE CINQVIESME.

ARGENIE, PHILISE, CLEARQVE.

ARGENIE.

AVray-ie peu venir sans esueiller mes femmes?

PHILISE.

Toutes par le sommeil sembloient des corps sans ames,
Hormis la Gouuernante: elle ronfloit si fort,
Qu'en elle, il n'estoit point le frere de la mort.

ARGENIE.

Tant mieux; asseyons nous aupres de la fontaine;
Le murmure en est doux, la nuict est bien seraine;
Les arbres, & la Lune en son teint argenté,
Y font vn beau meslange, & d'ombre, & de clarté:

Le silence paisible y regne solitaire;
Mais il le faut bannir, car ie ne me puis taire.

PHILISE.

Madame, il est certain que depuis quelques iours
Vous auez bien changé, de teint, & de discours;
Vostre humeur est plus triste, & ceste inquietude
Vous fait haïr la Cour, aimer la solitude;
Mais inutilement i'ay tasché de chercher,
Le subiet malheureux qui vous a pû fascher.

ARGENIE.

Soucis mordans, pensers, dont la rage affamée,
Deuore incessamment ma pauure ame enflammée,
De grace vn peu de treue; ou permettez au moins,
Apres tant de douleurs, que seule & sans tesmoins,
Quelque souspir m'eschape, en souffrant la torture,
Secret accusateur des peines que i'endure.

PHILISE.

Si vous auez connu ma parfaite amitié;
Separez vos tourmens, donnez m'en la moitié;
Ne vous consumez plus d'vne flame secrette,
Et vous ressouuenez que Philise est discrette.

ARGENIE.

A quoy me ſert le throſne où i'ay droit de monter,
Si ie nourris vn mal que ie ne puis dompter?
Si ie porte ſous l'or vne ame langoureuſe?
Ie ſuis grande, il eſt vray, mais pourtant malheureuſe.
Que ne m'eſt-il permis de ſuiure mon deſir,
Auecque peu de pompe, & beaucoup de plaiſir?
I'yrois (loing d'vn ſeiour qui me ſemble prophane)
De ce Palais ſuperbe à la ſimple cabane,
Et croirois y treuuer (plus franche de ſoucy)
Le repos de l'eſprit, que ie n'ay point icy.

PHILISE.

Qui vous le peut oſter? ie ne le puis comprendre:

ARGENIE.

Deux puiſſans ennemis, Amour, & Policandre;
O pudeur, ſur mon front tu marques mon peché!
Mais c'en eſt faict pourtant, le mot en eſt laſché.

PHILISE.

Le ſentiment commun condamneroit ſans doute,
Vne faute d'amour dont ie vous tiens abſoute;

On ne

On ne peut se deffendre, ayant bien combattu,
De la necessité d'estimer sa vertu.
Et puis, qui peut sçauoir si ce n'est point vn Prince,
Que l'amour ait conduit dedans ceste Prouince?
Bien qu'il soit dangereux de se taire & brusler,
Peut-estre le respect l'empesche de parler.

ARGENIE.

Auecce vain propos tu flattes mon martire:
Dieux, qu'on croit aisément les choses qu'on desire!

PHILISE.

Possible ce discours a de la verité:
Croyez qu'il a bien l'air d'homme de qualité:
Son marcher, son parler, poly, courtois, affable;
Ces vers misterieux qu'il nommoit vne fable;
Ce vase élabouré qu'il osa vous offrir;
Ceste main delicate, & mal propre à souffrir
Le trauail ordinaire à ceux de sa naissance;
Tout cela sans mentir aide à ma connoissance;
Et l'amour qui paroist visible dans ses yeux,
Monstre qu'il est né Prince, ou trop audacieux.

ARGENIE.

Il eſt vray que ſouuent ſes regards pleins de flame,
En me faiſant rougir, m'ont faict lire en ſon ame,
I'ay bien veu qu'il aymoit, i'ay bien connu ſa foy,
Mais qui peut m'aſſeurer qu'il ſoit né Prince?

CLEARQVE.

moy.

Princeſſe en qui le Ciel prodigua ſes merueilles,
En qui nature a mis & ſes ſoings, & ſes veilles;
Miracle de nos iours, vous ne vous trompez pas,
Croyant en ma faueur que mon ſort n'eſt point bas.
Celuy qui me donna l'ame que ie vous donne,
Me doit enfin laiſſer ſon Sceptre & ſa Couronne;
Ie les mets à vos pieds, & ſouz voſtre pouuoir,
Donc auecque mon cœur, veüillez les receuoir.

ARGENIE.

Dieux, en cét accident ie ne me puis reſoudre!

CLEARQVE.

Et ſi ie ne dis vray, puiſſe d'vn coup de foudre,
(Que ma preſomption aura bien merité)
Punir le iuſte Ciel ceſte temerité.

Desia depuis long temps, Princesse incompara-
ble,
Mon cœur n'adore rien que vostre œil adorable;
Il espere en craignant, il vit, & meurt d'amour,
Et lors que ie m'esloigne, il reste en ceste Cour.
En fin ma pasion & plus viue, & plus forte,
Que les foibles conseils que la raison apporte,
Me fit prendre vn dessein bien haut, mais bien-heu-
reux,
Ha que n'entreprend point vn esprit amoureux!
Car vostre Altesse a dit, pour ma bonne fortune,
Que ceste affection n'a rien qui l'importune;
Iugez apres cela, si iusques au trespas,
Ie ne dois point baiser les traces de vos pas?
Et si de tant d'amans qui flottent dans le calme,
Aucun a peu gaigner vne ausi belle palme?

ARGENIE.

Pardonnez s'il vous plaist à mon estonnement;
Ie ne sçaurois parler, ny tarder vn moment;
Mais rendez-vous icy demain à la mesme heure:

CLEARQVE.

Pour ne m'y rendre pas, il faudra que ie meure:

Mais dans le sentiment qui vous faict retirer,
Que me commandez vous Madame?

ARGENIE.

d'esperer.

CLEARQVE.

Le Ciel en soit loüé, i'ay ce que ie demande :
Viens donc heureux espoir, puis qu'elle le commande;
Mais tiens l'estat de gloire où tu te vois monté,
Nonpas de ma vertu, mais bien de sa bonté.

SCENE SIXIESME.

MELANIRE.

ENfin i'ay descouuert la cause de ma perte;
Sorcier, malgré ton art i'ay veu ton ame ouuerte,
Ingrat, audacieux, fourbe, meschant, trompeur,
Vn foudre tombera, dont tu n'as point de peur.
Ton orgueil souffrira la peine meritée;
Tu sçauras ce que peut vne amante irritée,
De qui le cœur outré d'vn insolent mespris,
Veut posseder ou perdre vn obiect qui l'a pris.
Quelqu'insigne faueur que ton audace obtienne,
Tu conspires ta perte, en conspirant la mienne;
Ie sçauray me vanger des outrages soufferts,
Et briser ma cadene, en te mettant aux fers.
Prince, ou non, il n'importe à ma iuste allegeance:
I'aurois plus de douceur d'vne illustre vengeance:
Ie le verrois perir d'vn sousrire mocqueur,
Fust-il Roy du Leuant, comme il l'est de mon cœur.

Seruons nous bien du temps; l'occasion eſt belle:
Si ce cœur eſt ſubject, qu'il ſoit ſubject rebelle:
L'amour ne deffend rien; la fureur permet tout;
Pouſſons donc hardiment le crime iuſqu'au bout.

ACTE QVATRIESME.

LISANDRE, FLORESTOR, ROSEMONDE, ANTHENOR, MELANIRE, CLEARQVE, ARGENIE, PHILISE, CHŒVR DE GARDES.

SCENE PREMIERE.

LISANDRE, FLORESTOR.

LISANDRE.

IL est temps Floreſtor, d'aller, où nous appelle,
Le ſoin & le deuoir d'vn ſeruice fidelle :
La nuict nous fauoriſe, obſcure comme elle eſt,
Et ſemble prendre part dedans noſtre intereſt:

Sçachons si son Altesse a tousiours ceste enuie,
Qui met dans le peril vne si belle vie;
S'il a besoin de nous, s'il n'a rien aduancé,
Ou s'il voit son destin comme il l'auoit pensé.
Ie ne treuue pour moy que fort peu d'apparence,
A ce que luy promet vne vaine esperance;
Et bien que son grand cœur r'asseure mes esprits,
Ie ne voy point de iour au dessein qu'il a pris.

FLORESTOR.

Helas! braue Lisandre, vne pareille crainte,
Me donne incessamment vne mortelle atteinte;
Ie suis desesperé, quand ie me sens rauir
Le moyen de le voir, l'honneur de la seruir.
Et ie maudis le iour, où l'aueugle fortune,
Le ietta sur ces bords par les mains de Neptune,
Qui traistre aussi bien qu'elle, abaissa son orgueil,
Et le mit dans le port, pour le mettre au cerueil.
Car de tant de soldats, de tant de Capitaines,
Qui furent les captifs de nos armes hautaines,
Le moyen que quelqu'vn ne le connoisse enfin?
Ne luy face esprouuer la rigueur du destin?
En le mettant aux mains d'vne Reine offensée,
Qui le veut immoler à sa rage insensee?

Pour

Pour moy, quand ie regarde où son amour l'a
mis,
Mon sang reste gelé, ie tremble, ie fremis,
Vne extreme frayeur m'arreste en vne place,
Et mon front est couuert d'vne sueur de glace:
Mon ame est en desordre, & mon esprit confus;
Et ie suis en vn point où iamais ie ne fus.

LISANDRE.

Mais comme a peu souffrir vne entreprise telle,
La prudence du pere? & que n'agissoit elle?

FLORESTOR.

Le Prince est en des lieux où l'on n'a point songé:
Il partit de la Cour sans prendre son congé;
Et fit sçauoir apres, que son ame affligée,
Vouloit par le voyage estre vn peu soulagée,
Qu'il s'alloit diuertir d'vn extreme soucy;
Or comme eust-on pensé qu'il peust entrer icy?
Ny qu'il en eust dessein, veu la mortelle haine,
Qui s'augmente pour luy dans le cœur de la Rei-
ne?
Et m'ayant deffendu d'en aduertir le Roy,
Le moyen de le croire au terme où ie le voy?

LISANDRE.

Tout depend aujourd'huy de la bonté celeste:
Son espoir est douteux, le danger manifeste;
Et s'il ne veut sortir de son enchantement,
Florestor, vous & moy trauaillons vainement.
Mais puisque l'ombre regne, & que chacun repose,
Allons voir si le Prince aura faict quelque chose.

SCENE SECONDE.

ROSEMONDE, ANTHENOR, MELANIRE.

ROSEMONDE.

HA bons Dieux! Anthenor, que m'auez vous appris?

ANTHENOR.

Ainsi que vostre esprit, le mien reste surpris.

ROSEMONDE.

Ce prodige incroyable est vne menterie,
Qui nous vient de l'enfer, qu'inspire vne Furie.

ANTHENOR.

Madame, elle m'a dit qu'il est en son pouuoir,
De prouuer ce prodige en vous le faisant voir.

ROSEMONDE.

Certes elle a raison, car aux grandes merueilles,
Il nous faut pour tesmoins les yeux & les oreil-
les:
Et quelques vrais qu'ils soient, mon cœur morne &
transi,
Aura peine à les croire, en voyant celle-cy.

MELANIRE.

Si vostre Majesté s'appaise, & se console,
Elle verra bien tost l'effect de ma parole.

ANTHENOR.

Ie vous descouure vn mal que ie pouuois celer;
Mais les loix de l'Estat m'ont forcé de parler:
Loix qu'vn Prince seuere a luy mesme ordonnées,
Et qui n'espargnent point les testes couronnées:
Qui veulent qu'vn tel crime ait sa punition,
Sans excepter de rang, ny de condition.

ROSEMONDE.

O Mere infortunée! ô fille detestable!
Si tout ce qu'on me dit se treuue veritable,

Quel supplice assez grand suffit à te punir,
D'vn crime qui me tuë à m'en ressouuenir?
Vn simple iardinier satisfait ton enuie:
Ha! cét infame choix te va couster la vie;
Celle dont tu la tiens ne te la peut sauuer:
Car ce crime est trop noir, ton sang le doit lauer.
Et l'ardeur illicite où s'engage ton ame,
Pour te purifier demande vne autre flame;
Qui remplisse d'effroy l'esprit de tous les miens,
Et qui sauue l'honneur du Sceptre que ie tiens;
Qui ne doit point aller en ta main trop polluë:
C'en est faict, il le faut, & i'y suis resoluë;
Qu'elle meure l'infame, & que le chastiment,
Mesure sa rigueur à son aueuglement.
Malgré vous, amitié, dedans ceste aduenture,
L'honneur se trouuera plus fort que la nature;
Icy mon interest le cede à mon deuoir.

MELANIRE.

Madame voicy l'heure où vous les pourrez voir.

ROSEMONDE.

Si ton discours est faux, vois où tu te hazardes: Elle parle à Anthenor.
Faites venir Ariste, & quatre de mes gardes,

Ce nombre suffira pour les saisir la nuict,
Mais que cela se fasse auecque peu de bruict:
Reuenez dans ma chambre, où ie vay vous attendre:
Suy moy, tu seras prise, ou tu les feras prendre.

SCENE TROISIESME.

CLEARQVE.

HEureux & doux moment, auance ton retour,
Ramene quand & toy l'obiect de mon amour.
Fais reuoir à mes yeux la beauté qu'ils adorent,
Et t'en viens deuorer les soins qui me deuorent:
Si la belle Argenie ose encor sommeiller,
Toy qui m'as esueillé va t'en la resueiller:
Volle de grace Amour vers ma belle ennemie,
Reproche luy pour moy qu'elle est trop endormie,

Et luy dis qu'vn repos si profond, & si doux,
Sied mal à des esprits que font languir tes coups.
Fais la ressouuenir qu'elle s'est engagée:
Mais non, demeure icy, ma peine est soulagée?
I'apperçoy ma Deesse; ô Ciel en ce transport,
Vn excés de plaisir me donnera la mort:
Sa couleur est desia sur mon visage peinte;
Le veritable amour ne va iamais sans crainte;
Elle suit son espoir; & tousiours le respect,
S'imprime dans mon cœur, à son aimable aspect.

SCENE QVATRIESME.

ARGENIE, PHILISE, CLEARQVE.

ARGENIE.

IE tremble,

PHILISE.

O quel danger! la valeur signalee!

ARGENIE.

Ouy; ne t'esloigne point; reste dans ceste allée,
Le destin a voulu vous ouurir mon secret,
Mais n'en abusez pas, soyez tousiours discret;
Et m'assurez encor, puisque ie suis sortie,
Comme de vostre amour, de vostre modestie.

CLEARQVE.

Apres ce que ie dois Madame, à vos bontez,
Ie n'agiray iamais que par vos volontez:

Et

Et si i'ay des desirs en ce lieu solitaire,
Ie sçauray par respect, les souffrir, & les taire:
Et sans que vous vsiez d'vn absolu pouuoir,
Ie resteray tousiours aux termes du deuoir.
Aussi bien i'ay desia trop d'heur, & trop de gloire,
D'occuper quelque lieu dedans vostre memoire,
Apres vn bien si grand, où pourrois-ie aspirer?
Qui possede cét heur n'a rien à desirer.

ARGENIE.

Suiuant de la vertu les traces adorables,
La raison & l'amour seront inseparables;
Et ie seray rauie, & vous serez charmé,
Sy vous vous contentez d'aimer, & d'estre aimé.

CLEARQVE.

Ma flame tient du lieu dont elle est animée;
Ie nourris vn grand feu, mais il est sans fumée:
Et loing de me donner vn sentiment abiect,
Il est pur & diuin, ainsi que son obiect.

ARGENIE.

Ha! certes, ce propos est digne d'vn grand Prince,
Qui sçait regir son cœur ainsi que sa prouince;

Qui ſçait donner des loix aux iniuſtes deſirs;
Moderer ſa puiſſance, & reigler ſes plaiſirs.

CLEARQVE.

Ie n'en ay pas l'eſprit, mais i'en ay bien le grade:

ARGENIE.

Tant s'en faut, c'eſt l'eſprit qui me le perſuade:
Mais dites voſtre nom:

CLEARQVE.

ie ne puis reculer,
Il faut viure ou mourir, ſe reſoudre, & parler:
Princeſſe, vous ſçaurez.....

SCENE CINQVIESME.

ROSEMONDE, ANTHENOR, ARISTE, MELANIRE, CHŒVR DE GARDES, ARGENIE, CLEARQVE, PHILISE.

ROSEMONDE.

QV'est-ce que tu regardes?
Dieux! tu n'as que trop veu; prenez-les tous deux,
Gardes.

ARGENIE.

Nous sommes descouuerts:

CLEARQVE.

pourquoy la prenez-vous?
Moy seul dois ressentir l'effect de ce courrous.

ROSEMONDE.

Qu'on les meine à sa chambre: ô douleur excessiue!
Faut-il que ie te souffre, & que ie reste viue?

MELANIRE.

L'aiſe de la vangeance occuppe tous mes ſens,
Ie ne ſçaurois la dire ainſi que ie la ſens;
Orgueilleux, tu ſçauras qu'vne femme en colere,
Eſt capable de tout, quand elle ne peut plaire.

PHILISE.

Ha Ciel, quel accident! ô bons Dieux quel malheur!
Mais Philiſe, tais-toy; reſiſte à la douleur,
Et ſauue ton eſprit de l'ennuy qui le preſſe,
Puis qu'on ne te void point, pour ſauuer ta Mai-ſtreſſe.

SCENE SIXIESME.

LISANDRE, FLORESTOR.

LISANDRE.

LE signal faict en vain me donne de l'effroy:

FLORESTOR.

Passant en vostre cœur, il vient iusques à moy.

LISANDRE.

Certain bruict entendu, forme vne conjecture,
Qui me dit que le Prince est dans quelque aduenture,
Où ie tiens qu'auiourd'huy ce grand cœur se perdra:
Frappez encore vn coup, pour voir s'il respondra.
Voicy la mesme place, & le temps ordinaire:
Sans doute mon soupçon n'est point imaginaire;
On l'aura descouuert.

FLORESTOR.

ie le crois asseuré:
Mais qu'auecque le Ciel, l'enfer soit coniuré,
Que pour nostre malheur l'vn & l'autre conspire,
Il faut que ie me perde, ou que ie le retire.
Sautons dans le iardin, & sans plus discourir,
Ayons l'honneur de vaincre, ou celuy de mourir.

LISANDRE.

Sçachez quand il faut rendre vn seruice fidele,
Que ie ne manque point ny de cœur, ny de zele,
Ie voy bien le peril, mais sans estonnement:
Regardez Florestor de l'œil du iugement,
Dequoy pourra seruir nostre foible assistance;
A ce coup de malheur, opposez la constance;
Faisons la guerre à l'œil, quoy qu'il puisse arriuer;
Et s'il nous faut mourir, mourons pour le sauuer.

FLORESTOR.

Pardõnez-moy Lisandre, vn discours qui vous fasche:

LISANDRE.

Le iour nous monstrera ce que la nuict nous cache:

Nous sçaurons plus au vray le succez aduenu,
Vueillent les Dieux tous bons, qu'il ne soit pas connu;
Car si les immortels sont sourds à ma priere,
Ce funeste iardin sera son cimetiere:
La fureur de la Reine esclattera sur luy;
Et certes de leur main tout despend auiourd'huy.

FLORESTOR.

Resolu de mourir si nostre attente est vaine,
Sçachez que son tombeau le sera de la Reine.

SCENE SEPTIESME,

ROSEMONDE, ANTHENOR, ARGENIE,
CLEARQVE, PHILISE, ARISTE
CHŒVR DE GARDES.

ROSEMONDE.

PVis qu'il me faut punir ce que ie viens de voir,
Lisez vn peu la Loy qui m'en donne pouuoir.

ANTHENOR.

Lors qu'vn Roy sera pris de la Parque meurtriere,
Il lit dãs vn gros volume. S'il ne laisse en mourant qu'vne fille heritiere,
Nous voulons que la vefue ait tousiours en la main,
Le Sceptre qui luy donne, vn pouuoir souuerain,

Iusqu'à

Iusqu'à tant que l'Himen acheuant sa tutelle,
Mette dedans le Throsne vn Prince digne d'elle.

ARGENIE.

Permettez - moy de dire à vostre Majesté,
Qu'ainsi vostre pouuoir se treuue limité,
Et que la Loy me donne à regir cét Empire,
Puis qu'on voit à mon chois tout ce que ie desire.

ROSEMONDE.

Le chois d'vn Iardinier! Dieux, qui n'en rougira?
Poursuiuez:

ANTHENOR.

Des amans, qui le premier aura Il lit encor
Mõstré la sale ardeur qu'il nourrissoit en l'ame,
Afin de le punir, qu'il meure dans la flame.

ROSEMONDE.

Auez vous entendu ce que porte la Loy?
Respondez-y tous deux:

CLEARQVE.

ce fut moy,

ARGENIE.

ce fut moy.

ANTHENOR.

Glorieuse dispute, honorable mensonge,
Ou plustost verité, qui paroist vn beau songe.

CLEARQVE.

De nos deux qualitez, faites comparaison,
Et puis vous connoistrez qui de nous a raison;
Le moyen qu'vne fille ait eu cette asseurance?
Elle faict vn discours qui n'a point d'apparence :
Son grade & ce propos se vont contredisant:
Si son cœur a peché, c'est en s'en accusant:
Ce fut moy qui premier descouuris mon enuie;
Faites donc que ma mort luy conserue la vie;
Soyez iuste & clement, & comme vostre rang,
Madame, conseruez les sentimens du sang.

ARGENIE.

Non, non, n'escoutez point la fureur insensée,
Qui parle par sa bouche, & trahit sa pensée:
En se voulant charger de mon sort rigoureux,
Il n'est point criminel, mais il est amoureux;
Et quelque vain effort que son amitié face,
Iugez qui des mortels auroit bien eu l'audace

D'oser me descouurir ses feux & sa langueur,
Si pour voir son esprit, ie n'eusse ouuert mon cœur;
Et conceuant premiere vne flame eternelle
Il demeure innocent, & ie suis criminelle?
A moins que d'estre iniuste on ne peut l'attaquer;
Et le decret des Loix ne se peut reuoquer.
Qu'il eschappe, qu'il viue, & que l'Infante meure:
Elle ne peut auoir de fortune meilleure:
Elle meurt sans douleur; & son esprit charmé,
Cessant de viure en soy, vit en l'object aimé.

CLEARQVE.

Est-ce ainsi qu'on tesmoigne vne amour mutuelle?
Vous pensez m'estre douce, & vous m'estes cruelle.

ARGENIE.

Celuy qui me cherit, me veut-il affliger?

CLEARQVE.

Vous me desobligez, en croyant m'obliger.

ARGENIE.

C'est à vous d'obeïr sans faire resistance:

CLEARQVE.

C'est à moy de mourir, pour preuuer ma constance.

ARGENIE.

Vous enuiez mon heur,

CLEARQVE.

Vous haïssez mon bien:

ARGENIE.

Policandre;

CLEARQVE.

Madame, & quoy, ne puis-ie rien?
Puis que ie suis heureux, que ie cesse de viure;

ARGENIE.

Mon esprit en partant, vous permet de le suiure.

Mais ne combattez plus contre la verité:

CLEARQVE.

Madame, vous sçauez qu'elle est de mon costé.

ROSEMONDE.

O dieux! par quel moyen vaincrons nous cét obstacle?

ANTHENOR.

La prudence des Loix, a preueu ce miracle,
Oyez touchant cela ce qu'elle met au iour.

S'il arriue par fois que la force d'amour, *Il continuë de lire.*
Oppose aux yeux de tous l'espoisseur d'vne nuë,
Et que la verité ne soit pas bien connuë,
Qu'ils soustiennent tous deux auoir premier peché,
Pour connoistre l'autheur de ce crime caché;
Nous voulons en ce cas, que le combat le preuue;
Et leur donnons huict jours, à dessein qu'il se treuue

Suiuant le cry public, & faict en chaque endroit,
Vn guerrier qui defende, & conserue leur droit;
Afin que le vainqueur descouurant le coupable,
Rende par sa valeur, nostre arrest equitable.
Que si l'vn d'eux en manque, & que l'autre en ait vn,
Nous defendons de faire, vn chastiment commun,
Voulons que l'assisté s'exempte du supplice,
Mais que n'en ayant point, l'vn & l'autre perisse.
Voila ce que les Loix disent sur ce subject.

ROSEMONDE.

Ostez moy ce funeste & desplaisant object;
Ie meurs en les voyant, & mon esprit s'égare:
Qu'on les meine au donjon, faites qu'on les separe,
Et que Philise seule ait droit de la seruir.

CLEARQVE.

C'est me rauir le iour, que de me la rauir:

Ie me meurs, ie suis mort, ie suis vn corps sans ame,
Laissez vous vaincre enfin, vueillez viure, Madame.

ARGENIE.

Ie sçay trop bien aimer, pour auoir ce soucy;
Et tu me blasmerois, si i'en vsois ainsi.

ROSEMONDE.

O constance admirable, autant qu'elle est esgalie!
Prodige, qu'vn rustic ait vne ame Royalle!
Qui ne s'ébransle point, par l'object du danger!
Qui se tient tousiours ferme, & qu'on ne peut changer!
Qui se mocque du feu, dont on voit la fumée!
Et qui ne craint la mort qu'en la personne aimée!
Certes nature eut tort qu'elle ne mit en toy,
Ainsi que la valeur, la qualité de Roy.
Que ie porte en l'esprit vne douleur amere!
Ie suis Reine, il est vray; mais pourtant ie suis Mere.

Et de quelque diſcours que ie flatte mon dueil,
Ie ſonge à ſon berceau penſant à ſon cercueil :
Helas ie n'en puis plus, en vain ie m'euertuë;
Fille, ie t'ay faict naiſtre, & ta faute me tuë.

ACTE CINQVIESME.

CLEARQVE, ARISTE, ARGENIE, PHILISE, LISANDRE, FLORESTOR, MELANIRE, RVTILE, ROSEMONDE, ANTHENOR, CHŒVR DE COVRTISANS, CHŒVR DE PEVPLE, CHŒVR DE TROMPETTES, ARMILE, IVGES DE CAMP, THEOTIME, ARCHANE.

SCENE PREMIERE.

CLEARQVE, ARISTE.

CLEARQVE.

Il est en prison.

BRaue Ariste, ſçachez qu'en ces tourmens of-
ferts,
Ie benirois la flame, & cheririois mes fers,

Si mon amour pouuoit (ſecondant mon attente)
Eſpargner par mon ſang, celuy de voſtre Infante.
Ie ne regarde qu'elle en ce coup de mal'heur,
Et le ſoing de mes iours ne fait pas ma douleur.
Que la Reine en colere inuente des tortures,
Qu'on me face endurer les peines les plus dures,
Qu'on laſſe les bourreaux en me perſecutant,
Ie ſouffriray ſans pleindre, & ie mourray content;
Pourueu que faiſant voir ſon ardeur infinie,
Mon cœur ſe puiſſe perdre & ſauuer Argenie;
Ce treſpas glorieux, n'auroit que du plaiſir;
Et certes il eſt ſeul l'obiect de mon deſir.

ARISTE.

Genereux eſtranger, croy que c'eſt auec peine,
Que ma charge m'oblige à ce que veut la Reine:
Ie plains ton infortune, & loing de te blaſmer,
Ton extreme valeur me contrainct à t'aimer,
Ie voy par la raiſon, conſiderant ta faute,
Qu'il faut pour la commettre, auoir vne ame haute.
Et ſi deſſous le faix tu reſtes abbatu,
C'eſt manque de bon-heur, & non pas de vertu.

CLEARQVE.

Plût à ce Dieu puissant qui faict naistre ma flame,
Qu'vn rayon de pitié vous peust entrer en l'ame,
Que le sort d'Argenie, & non pas mes tourmens,
Afin de la sauuer, esmeust vos sentimens:
Et qu'il me fust permis espousant sa querelle,
De m'offrir contre moy, pour combattre pour elle;
Mais auec vn serment obserué sans mentir,
De rentrer en prison, l'en ayant faict sortir.

ARISTE.

Supposé qu'on le fist, tu perdrois ta Maistresse,
Non manque de valeur, mais à faute d'adresse:
Ton mestier & le nostre ont des regles à part.

CLEARQVE.

On doit tousiours donner quelque chose au hazard;
Et puis, courtois Ariste, il faut que ie vous die,
Que ma main est adroite autant qu'elle est hardie:
Ouy, ie leue le masque, & ie vous fais sçauoir,
Que ie ne suis pas nay ce que ie me fais voir.

En noblesse de sang ie ne cede à personne;
Et le rang que ie tiens m'acquiert vne Couronne.
Mais la force d'amour, qui regne absolument,
M'a fait resoudre enfin à ce déguisement.
Que si pour mieux aider à vostre cognoissance,
Et vous preuuer par là que telle est ma naissance,
Vous vouliez receuoir quelques ioyaux offerts,
Il luy monstre des pierreries. *Et souffrir que de l'or me deliurast des fers,*
Ie vous en donnerois; mais loing de l'entreprendre,
Ie tiens vostre courage incapable d'en prendre,
Et ce que mon pouuoir vous promet maintenant,
C'est de vous esleuer plus haut que Lieutenant,
De vous donner vn grade en la Cour de mon pere,
Qui vous fera benir la faueur que i'espere,
Et qui vous fera voir, mesme apres mon trespas,
Que si quelqu'vn me sert, il ne s'en repent pas.
Ie dis apres ma mort, car ie ne veux plus viure,
Si par vostre moyen l'Infante se deliure;
Et sans vous asseurer au gage de ma foy,
Ordonnez des soldats qui respondent de moy:
Afin qu'apres auoir satisfaict mon enuie,
Si le combat offert me laisse encor en vie,
Ie vienne me remettre en l'estat où ie suis,
Et vous tirer de peine, en me tirant d'ennuis.

ARISTE.

Ce dessein genereux que nul autre n'égale,
Preuue bien clairement que vostre ame est Royale;
Ie le voy, ie le crois, & ie me sens rauir
Celuy que i'auois faict de ne vous pas seruir.
Vostre vertu me force à vous estre propice;
Bien que ce haut projet me monstre vn precipice;
Et de mes compagnons disposant absolu,
Vous sortirez Monsieur, si i'y suis resolu.
C'est l'vnique moyen de sauuer la Princesse:
Car le peuple qui croit vostre feinte bassesse,
La mesprise, la hait, & la verra souffrir,
Sans que pour son subiect aucun se vienne offrir.

CLEARQVE.

Sauuons la braue Ariste, allons secher ses larmes.

ARISTE.

Mais si ie le permets, où prendrez vous des armes?

CLEARQVE.

Mon Escuyer m'en garde en vn bourg prés d'icy:

ARISTE.

Sortons, vous le voulez, & ie le veux aussi.

Ma faute à mon aduis n'est pas fort criminelle:
Mais souffrez que ie parle à vostre sentinelle,
Afin que par cét or que vous m'auez offert,
Ainsi que le chemin, son cœur vous soit ouuert.

CLEARQVE.

Ha! que ne dois-ie point pour vn si bon office!

ARISTE.

Mais veüillez recueïllir le fruict de mon seruice,
Et sans vous amuser en discours superflus,
Vous estant presenté, ne vous renfermez plus:
Et ceste chere Infante à bon port arriuée,
Songez à vous sauuer apres l'auoir sauuée:
Où ferons nous retraicte, estant lors dégagez?

CLEARQVE.

Vous le sçaurez bien tost, & qui vous obligez.

SCENE SECONDE.

ARGENIE, PHILISE.

ARGENIE.

LAisse enfin à l'Amour le soing de me conduire : *Elle est en prison.*
Voyons si la fortune est lasse de me nuire ;
Et puis que ton courage ose tout hazarder,
Fay tes derniers efforts, pour me faire euader.
Ce n'est pas que mes soings regardent ma personne,
Et tu me cognois mal si ton cœur m'en soupçonne :
Vn plus noble dessein occupe mon penser ;
Mais le peril nous presse, il le faut deuancer.
As tu veu Clorian ? me sera-t'il fidelle ? *C'est son Escuyer.*
Auray-ie de sa main ce que i'espere d'elle ?
Ce siecle a-t'il encor quelques amis constans ?
Aura-t'il ses vertus, ou les vices du temps ?
T'a-t'il faict voir à nud sa bonne conscience ?
Responds viste, & pardonne à mon impatience ;

Parle moy franchement, & ne me cele rien;
Car ie sçay receuoir, & le mal & le bien.

PHILISE.

Madame, il m'a promis de suiure vostre enuie,
Deust-il perdre en ce iour & l'honneur & la vie:
Il a desia chez luy l'esquipage dressé,
Le mieux que le permet vn depart si pressé.
Reste qu'à la faueur de l'habit que ie porte,
Vous alliez abuser les gardes de la porte:
Vous trouuerez apres au bas de l'escalier,
Pour vous donner la main ce braue Caualier:
Abaissez bien mon voile, afin qu'on ne vous voye:

ARGENIE.

Vne extreme douleur se mesle auec ma ioye,
Et ie rougis de honte, en te laissant icy:

PHILISE.

Philise ne vaut pas l'honneur de ce soucy;
Et mon esprit heureux, n'aura que trop de gloire,
S'il reuit par ma mort dedans vostre memoire;
Passez à l'antichambre; & sans perdre vn moment,
Afin de vous sauuer, changeons d'habillement.

SCENE

SCENE TROISIESME.

LISANDRE, FLORESTOR.

LISANDRE.

NOstre crainte est certaine, & sa perte asseu-rée,
Le destin y consent, la Reine l'aiurée.

FLORESTOR.

Quoy, l'a-t'on reconu?

LISANDRE.

Non; mais c'est qu'en ce jour,
Le malheur a permis qu'on ait sceu son amour;
Que les Loix de l'Estat, funestes & fatales,
Veulent estre puny de peines capitales;
L'on a surpris la nuict l'Infante auecque luy:
Or iugez quel espoir nous demeure aiourd'huy;

On vient de publier leur prise infortunée.

FLORESTOR.

De force & de raison mon ame abandonnée
Sent en soy les effects d'vne extréme terreur,
Et tous ses mouuemens vont iusqu'à la fureur.
Ne le descouurir point c'est vouloir qu'il perisse ;
Et dire ce qu'il est, c'est haster son supplice :
O Dieux qui cognoissez iusqu'où vont mes douleurs,
Helas! faites finir mes iours, ou ses malheurs:
Et ne permettez pas que cét excellent Prince,
Rencontre son tombeau dedans ceste prouince,
Sauuez-le du peril où l'amour l'a ietté,
Et par vostre pouuoir, & par vostre bonté.
Tout autre espoir en moy se reduit en fumée;
Naples nous peut donner vne puissante armée :
Mais auant que ie puisse en aduertir le Roy,
Le Prince aura suby les rigueurs de la Loy,
De sorte qu'en l'estat que sa fortune est mise,
C'est de vous, immortels, que depend sa franchise.

LISANDRE.

Pour l'exempter du mal qu'on luy faict endurer,
Ie treuue qu'il nous reste vn moyen d'esperer:

Le combat est permis, nous le pouuons deffendre:

FLORESTOR.

Vous me ressuscitez, braue & sage Lisandre;
Si l'on peut empescher son trespas pour s'offrir,
Il est bien asseuré de ne le pas souffrir.
Mais sans perdre le temps allons en diligence,
Dire aux iuges du camp que ie prens sa deffence.

LISANDRE.

Bien que vous le vouliez, ie n'en suis pas d'accord:
Ce que ie vous permets est de tirer au sort,
Pour voir qui de nous deux choisira la fortune:
Soit comme l'amitié ceste gloire commune.

FLORESTOR.

Mene-t'on dans la place icy les prisonniers?

LISANDRE.

On le faisoit ainsi iusqu'aux siecles derniers,
Qu'vn tumulte arriué fit changer cét vsage:

FLORESTOR.

I'ay quelque chose au cœur, qui m'est de bon presage:

Allons voir qui de nous deura se presenter,
Puisque par ce moyen on vous peut contenter.

LISANDRE.

Tant que durent huict iours la barriere est ouuerte:

FLORESTOR.

Nous ne sçaurions trop tost empescher nostre perte.

SCENE QVATRIESME.

MELANIRE.

INdomptable Tiran qui regnes dans mon cœur,
Apres vn grand combat tu restes le vainqueur,
Tu chasses le dépit de mon ame insensée,
Et tu luy fais changer sa derniere pensée.
I'aime encor Policandre, & tu me fais sentir,
Qu'on ne nuit en amour que pour s'en repentir:
Et que quelques efforts que la liberté face,
Tousiours l'object aimé sçait obtenir sa grace:
Plaire comme autrefois, conseruer son pouuoir,
Et donner des desirs quand on ne le peut voir.
O funestes transports qui gouuernez mon ame!
Vous seuls auez soufflé cette tragique flame,
Qui s'en va consumer le plus beau des amans,
Et me faire mourir par ses propres tourmans.
Mon ame à la fureur s'est trop abandonnée;
Malheureux Policandre, Infante infortunée;

Puisque ce mauuais sort ne se peut plus changer,
Au moins par mon trespas ie vous sçauray vanger.

SCENE CINQVIESME.

RVTILE, MELANIRE.

RVTILE.

Mais qu'est-il deuenu, ne m'en peux-tu rien dire?

MELANIRE.

Non; fuis de ce iardin comme de cét Empire;
Fuis dis-ie, auec ces biens qu'vn Prince t'a donnez,
Et va passer ailleurs tes iours mieux fortunez:
Mais ne t'informe point de l'espece du crime:
Et pour mon triste cœur, que le malheur opprime,
Il va chercher la mort pour rencontrer la paix,
Console toy Rutile, adieu pour tout iamais.

RVTILE.

Quel estrange discours! ô Ciel quelle furie!
Que veut-elle bien dire en cette resuerie?
N'importe, esloignons nous, puis qu'il nous reste encor,
Ce que i'aime plus qu'elle, & la franchise, & l'or.

SCENE SIXIESME.

ROSEMONDE, ANTHENOR, THEOTIME, ARCHANE, CHŒVR DE COVRTISANS, CHŒVR DE PEVPLE, ARMILE, IVGES DE CAMP, CHŒVR DE TROMPETTES.

ROSEMONDE.

PEuple qui connoissez le subiect de ma peine,
Qui sçauez quel desastre attaque vostre Reine,
Souffrant vn si grand mal dont vous estes tesmoins,
e l'en pouuant guerir pleignez la pour le moins.
onnez quelques souspirs au soin qui l'importune;
t remarquez en moy ce que peut la fortune,

Qui se mocquant du grade, & du pouuoir humain,
Regne, & me vient oster le Sceptre de la main.
Me voicy dans la place, où cette inexorable
Doit peut-estre auiourd'huy me rendre miserable,
Et vous rauir à tous celle qui doit regner.
Enfin, quoy qu'il en soit, ie viens vous tesmoigner,
Que le respect des Loix, comme de la Couronne,
Peut tout sur mon esprit, voyant qu'il abandonne
Mon vnique heritier à leur seuerité;
Supplice que ie souffre, & qu'elle a merité.

ANTHENOR.

Madame, i'apperçois vn guerrier qui s'aduance:

SCENE

SCENE SEPTIESME.

ARGENIE.

Pardonne cher Amant à mon peu de vaillance,
Si ceste foible mainne te sauue en ce iour,
Ie puis manquer de force, & non iamais d'amour.

Elle a la visiere baissée, & dit cecy tous bas,

ANTHENOR.

Pour qui combattez vous? faites-le nous entendre:

ARGENIE.

Pour le plus innocent:

ANTHENOR.

pour qui?

ARGENIE.

pour Policandre.

O

ROSEMONDE.

Prodige, qu'vn païsan rencontre du support?
Fille, on t'a prononcé ta sentence de mort.

SCENE HVICTIESME.

FLORESTOR, LISANDRE.

FLORESTOR.

Ous sommes preuenuz, il s'offre pour mon Maistre:

LISANDRE.

Puis qu'il est le premier, il nous luy faut permettre
De deffendre son droict:

FLORESTOR.

S'il le faut, ie le veux:

LISANDRE.

Mais secondons encor ses armes de nos vœux.

ANTHENOR.

Vn autre Caualier se presente à la lice:

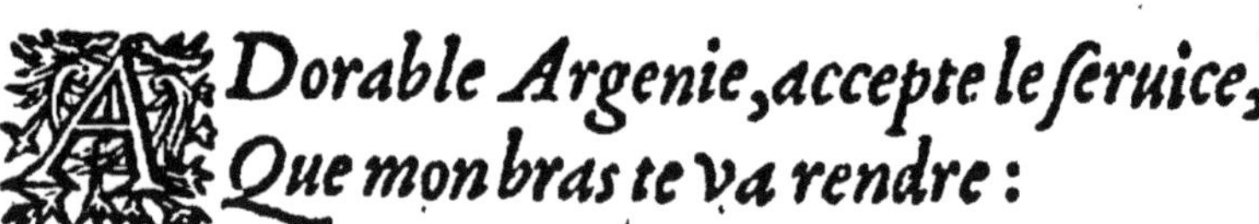

SCENE DERNIERE.

CLEARQVE.

ADorable Argenie, accepte le seruice,
Que mon bras te va rendre:

Il a sa visiere baissée, & dit cela tout bas.

FLORESTOR.

Ha que vois-ie ô bons Dieux!
Les armes de mon Maistre esclattent en ces lieux!

ANTHENOR.

Dites ce qui vous meine en cette compagnie?

ARGENIE.

Ie suis pour Policandre,

CLEARQVE.

& moy pour Argenie.

ROSEMONDE.

Elle parle bas. *Foible & debile espoir, tasche de subsister:*
Le Ciel, vaillant Heros, daigne icy t'aßister,

ANTHENOR.

Les trompettes sonnent. *On vous donne à tous deux le congé de la Reine,*
Acheuez par le fer le dessein qui vous meine.

FLORESTOR.

Le traistre, le voleur, il desrobe auiourd'huy
Les armes de mon Maistre, & les prend contre luy!

ARGENIE.

Elle parle bas. *Quel est cét importun, qui vient sans qu'on l'appelle?*

CLEARQVE.

Il dit ces trois premiers vers tout bas. *Quel visage inconnu s'engage à ma querelle?*
Sçache cruel amy que tu ne me plais pas,
Et que cette faueur aduance ton trespas.
Pourquoy viens tu deffendre vn meschant, vn coupable,
Qui se iuge de vie, & de grace incapable?

Qui ne t'appreuue point, qui desire finir,
Et que ton bras iniuste empesche de punir.
Soit en d'autres exploicts ta valeur occuppée,
Si tu veux te sauuer des coups de mon espée.

ARGENIE.

Pourquoy nous amuser d'inutiles discours?
Sans doute les meilleurs sont icy les plus courts.
Sois pour qui tu voudras, ie suis pour Policandre:
Ne harangue donc plus, & songe à te deffendre. Ils mettent l'espée à la main & se battét.

CLEARQVE.

O le lasche vanteur, qu'il a peu resisté! Elle tombe.
Reconnois ta foiblesse, & ta temerité.
Iuste Ciel c'est l'Infante! helas barbare infame, Il luy oste le casque.
Elle vient te sauuer, & tu luy rauis l'ame!
Elle combat pour toy, tu la priues du iour!
Monstre dénaturé, tu n'eus iamais d'amour.

ROSEMONDE.

O Dieux, c'est Argenie!

ARGENIE.

Acheue ta victoire,
Ialoux de mon repos, ennemy de ma gloire,

Perds, au lieu de sauuer celle que tu deffends,
Et voy qu'elle te haït pour le soing que tu prends.

ROSEMONDE.

Sa fortune auiourd'huy n'en sera pas meilleure:

CLEARQVE.

Puis que ie suis vainqueur, que Policandre meure,
Il oste son habillemẽt de teste. *Le voicy, commandez que ce soit deuant vous,*
Ce bien-heureux trespas me semblera fort dous.

ROSEMONDE.

Ce miracle nouueau me remplit de merueille;
Bons Dieux, qui veit iamais aduanture pareille?

CLEARQVE.

N'obseruera-t'on pas ce que prescript la Loy?

ARGENIE.

Non; il faut si tu meurs que ie meure auec toy,
Ie hay presque ta main, à cause qu'elle m'aide:

CLEARQVE.

Vous augmentez mon mal, mais i'en sçay le remede.

Madame, trouuez bon qu'en cet extremité,
Ie puisse ouurir mon cœur à vostre Maiesté,
Et que ie la coniure en sauuant la Princesse,
De se resoudre icy d'accomplir sa promesse,
Qui porte qu'on la donne, à qui vous donnera
La teste de Clearque,

ROSEMONDE.

Et bien qui le fera?

CLEARQVE.

Moy Madame, qui suis ce miserable Prince,
Que l'Amour a conduit dedans ceste Prouince,
Ce Clearque odieux, mais pourtant innocent;
Vous desirez sa teste, & son cœur y consent.
Ie la mets à vos pieds, & ie vous l'abandonne: Il se met à genoux
Vous souhaittez ma mort, faites qu'on me la donne;
Espargnez par mon sang le vostre qui vaut mieux:
Ainsi iamais object ne desplaise à vos yeux;
Ainsi puisse regner l'Infante prisonniere,
Et que ceste douleur soit pour vous la derniere.
Vangez vous; perdez moy, sans tarder vn moment;
Et vous ressouuenez quel est vostre serment.

Mais pour vous contenter, & ſuiure mon enuie,
Refuſez moy l'Infante, & m'accordez ſa vie;
C'eſt tout ce que demande vn eſprit amoureux,
Qu'au milieu des tourmens vous pouuez rendre heureux.

ROSEMONDE.

O Ciel! ô ſort! ô Dieux! quel conſeil dois-ie ſuiure?
Mon vœu reſte imparfaict, ſi ie le laiſſe viure,
Et ſi pour le punir ſon ſang eſt eſpandu,
Quel honneur d'attaquer vn ennemy rendu?
Amant, fille, mary, courage, amour, memoire,
Que dois-ie faire icy pour conſeruer ma gloire?
Oublier, ou haïr? punir, ou pardonner?
Immoler ma victime, ou bien la couronner?
O diuers ſentimens, vous me donnez la geſne,
Et ie ne puis choiſir, ny l'amour, ny la haine.

ARGENIE.

Nous ſommes l'vn & l'autre indignes de pitié;
Mais donnez luy la vie, & non voſtre amitié;
Et ſouffrez que mon ſang efface l'infamie,
Des folles paſsions d'vne amante ennemie.

Qu'il viue & que ie meure; & que ce fer vainqueur,
Trouue ainsi que ses yeux le chemin de mon cœur.

Elle se iette sur l'espée du Prince, mais on l'empesche.

CLEARQVE.

Ha cruelle Argenie, est-ce ainsi que vostre ame,
Veut preuuer son amour & faire voir sa flame?
Ainsi donc vostre esprit a vouly me trahir?

ARGENIE.

Ie quitte vn ennemy que ie ne puis haïr.
Et bien que ma vertu sans subiect on soupçonne,
Vn nom me faict horreur dont i'aime la personne;
Ouy ie t'aime Clearque; & c'est en ce moment,
Pourquoy ie veux finir, pour finir en t'aimant,
En estant asseuré, supprime ce reproche.

CLEARQVE.

Puis qu'on ne peut fleschir ce courage de roche
Permets moy de meurtrir ce cœur remply de foy,
I'en demande congé parce qu'il est à toy.

Comme il se veut tuer la Reine le retient.

ROSEMONDE.

Non, non, viuez tous deux, ceste amour sans pareille,
Qui me rauit le cœur, & me charme l'oreille,

Deuroit aussi bien qu'elle eterniser vos iours,
La haine que i'auois a pris vn trop long cours;
L'orage va finir, & i'apperçoy la riue:
Que Policandre meure, & que Clearque viue:
Ainsi tout s'accommplit: & ie veux desormais,
Voir entre nos Estats vne eternelle paix:
Aussi tost qu'Altomire aura faict reconnestre,
Qu'ainsi qu'on me l'a dit il vous a donné l'estre.

CLEARQVE.

Lisandre que ie voy, peut estre mon tesmoin:

LISANDRE.

Ie le connois Madame, & le plege au besoin.

CLEARQVE.

Chacun sçait que mon pere appreuue l'himenée:

ROSEMONDE.

Vostre fidelité doit estre couronnée:
Soit ainsi, ie le veux: puissiez vous vn longtemps,
Viure autant amoureux que vous estes contens.

CLEARQVE.

Que ie baiſe vos pas, incomparable Reine:

ARGENIE.

Que le plaiſir eſt doux, en ſuitte de la peine!

FLORESTOR.

Dieux clemens & tous bons, que ie vous dois d'encens!

ANTHENOR.

Changeons le feu du crime en des feux innocens,
Qui pouſſent iuſqu'au Ciel les marques de la ioye,
Qui regne dans nos cœurs, & que luy meſme enuoye.

ROSEMONDE.

Ne me direz vous point vos maux, & vos plaiſirs?

CLEARQVE.

Nous ne prendrons de loix que de vos ſeuls deſirs:
Mais afin que ce iour n'ait plus rien qui ſoit triſte,
Donnez moy le pardon des Gardes, & d'Ariſte.

ARGENIE.

Philise, dont le zele est sans comparaison,
Demande à vos bontez la clef de ma prison:

ROSEMONDE.

La loy vous met en main la puissance Royalle.
Et pour moy, i'ay donné la grace generalle:
Viuez, regnez heureux, & celebrez le iour,
Où l'on voit triompher la constance & l'amour,
Le danger encouru pour la personne aimée,
Va remplir l'Vniuers de vostre renommée,
Et les siecles suiuans, pour l'auoir mesprisé,
Admireront encor, LE PRINCE DEGVISE.

FIN.

PRIVILEGE DV ROY.

LOVYS PAR LA GRACE DE DIEV ROY DE FRANCE ET DE NAVARRE: A nos amez & feaux Conseillers, les gens tenans nos Cours de Parlement, Maistres des Requestes ordinaires de nostre Hostel, Baillifs, Seneschaux, Preuosts, leurs Lieutenans, & tous autres de nos Iusticiers & Officiers qu'il appartiendra; Salut. Nostre bien-aimé AVGVSTIN COVRBE', Marchand Libraire en nostre bonne ville de Paris, nous a fait remonstrer qu'il a recouuré deux Tragi-Comedies nouuelles, composées par le Sieur SCVDERY, intitulees; l'vne, *Le Vassal Genereux*; & l'autre, *Le Prince Déguisé*, lesquelles il desireroit faire imprimer, s'il auoit sur ce nos Lettres necessaires; lesquelles il nous a tres-humblement supplié de luy accorder. A CES CAVSES, Nous auons permis & permettons par ces presentes à l'exposant, d'imprimer ou faire imprimer, vendre & debiter en tous les lieux de nostre obeyssance, lesdites deux Tragi-Comedies, coniointement ou separément; en telles marges, & tels caracteres, & autant de fois que bon luy semblera, durant l'espace de neuf ans entiers & accomplis, à compter du iour que chacune sera acheuee d'imprimer pour la premiere fois. Faisans tres-expresses deffenses à toutes personnes, de quelque qualité & condition qu'elles soient, d'imprimer, ny faire imprimer, vendre ou distribuer lesdites Tragi-Comedies en aucun lieu de ce Royaume durant ledit temps, sans le consentement de l'exposant; sous pretexte d'augmentation, correction, ou autrement, en quelque sorte & maniere que ce soit; ny mesme d'en extraire aucune chose, ou d'en contrefaire le titre, à peine de quinze cens liures d'amende, payable par chacun des contreuenans, & applicables vn tiers à l'Hostel-Dieu de Paris; & l'autre tiers audit exposant: de confiscation des exemplaires contre-faits, & de tous despens, dommages & interests: A condition qu'il en sera mis deux exemplaires de chacune en nostre Bibliotheque publique, & vn en celles de nostre tres-cher & feal le sieur Seguier, Cheuallier, Garde des Seaux de France, auant que de l'exposer en vente, à peine de nullité des presentes : Du contenu desquelles nous vous mandons que vous fassiez ioüir plainement & paisiblement l'exposant, sans souffrir qu'il luy soit donné aucun empeschement au contraire. Voulons qu'en mettant au commencement, ou à la fin de chaque exemplaire, vn bref extraict des presentes, elles soient tenuës pour deuëment signifiées, & que foy y soit adioustée ; & aux coppies d'icelles, collationnées par vn de nos amez & feaux, Conseillers, Secretaires, comme à l'original. Mandons au premier Huissier ou Sergent sur ce requis, de faire pour l'execution du contenu cy-dessus, tous exploicts necessaires, sans demander autre permission. CAR TEL EST nostre plaisir, nonobstant Clameur de Haro, Chartre Normande; & autres lettres à ce contraires. Donné à Paris le onziesme iour d'Aoust, l'an de grace mil six cens trente cinq. Et de nostre regne le vingt-sixiesme.

Par le Roy en son Conseil.

CONRART.

Acheué d'imprimer ce premier Septembre 1635.

Les exemplaires ont esté fournis ainsi qu'il est porté par le Priuilege.

www.ingramcontent.com/pod-product-compliance
Ingram Content Group UK Ltd.
Pitfield, Milton Keynes, MK11 3LW, UK
UKHW021109220726
13924UKWH00004B/1602

9 782019 694456